ダッシュエックス文庫

クズ勇者が優[illegible]師を追放したので、
私達のパーテ[illegible]

江本マシメサ[illegible]

第一章

「お願い！　死なないで勇者！」　第一話『勇者　死す』

「役に立たん回復師よ！　お前を私のパーティから追放する‼」

金ぴかの鎧《よろい》に身を包んだ勇者様が、回復師を指差して宣言する。

勇者様は金色の髪に緑色の瞳《ひとみ》を持つ、十九歳の美貌《びぼう》の青年だ。

黙っていたらかっこいいのに、喋《しゃべ》るともれなくバカが露呈《ろてい》する。全身金ぴかな鎧を自信満々に纏《まと》う様子が、頭の悪さをさらに引き立てているような気がした。

勇者様は自分の発言が絶対に正しいと信じ込み、疑うことなど知らないような表情でいる。

追放を言い渡された回復師はポカンとした表情で、勇者様を見つめていた。

しばらくし言葉の意味を理解したのか、彼女の天頂の青《アザーブルー》の瞳が困惑《こんわく》に染まっていく。

「ね、ねえ、追放って、いったいどういうこと？」

なんの前触れもなく言われたので、回復師は混乱状態らしい。いったん考えてみようと思ったのか、小首を傾《かし》げる。肩までの長さの美しい黒髪が、さらりと揺れた。

回復師はかなりの美人で、彼女みたいに容姿端麗《ようしたんれい》で性格がいい女性を見たことがない。

バカな勇者様にも、いつだって慈愛《じあい》に満ちた様子を見せていた。

それなのに、愚《おろ》かな勇者様は回復師に追放を言い渡してしまう。

「しらばくれるな！　お前が使う回復術が、世界樹が生み出す世界に満ちる力——マナと引き換えに行っていることなど、お見通しなのだ！」

「いや、それは違うよ。回復術は神への祈りと引き換えに発現するものだから」

「神学校を卒業していないお前が、そのような芸当などできるものか！」

回復術というのは祈りの力で傷を癒《い》やす奇跡で、神学校でのみ習い、習得が可能である。

けれども私達のパーティにいる回復師は、魔法学校の卒業生だというのに、どうしてか回復術を使えるのだ。

魔法学校に通う者が回復魔法を扱うなど前代未聞《ぜんだいみもん》。稀代《きたい》の天才だと囁《ささや》かれていたらしい。

絶賛ばかりされる回復師を、勇者様は面白《おもしろ》く思っていない部分があったのだろう。

「神学校に通っていたわけでもないのに、お前が回復術を使えること自体、おかしいとずっと思っていたんだ！」

「違う！　私の力は——」

「言い訳なんぞ聞くものか！　私達の旅は、マナを奪う魔王を倒すことを目的にしているのに、まさか仲間だと思っていたお前が魔王と同じ暴挙に出ていたなんて！　同級生のよしみで、追放だけに止《とど》めたんだ！」

勇者様と回復師は魔法学校の同級生だったらしい。回復師は首席で、品行方正な生徒だったという。勇者様の成績は後ろから数えたほうが早い。

つまり、正真正銘《しょうしんしょうめい》のバカだったというわけだ。

「お前との旅もここまでだ」

勇者様はそう言って、転移魔法の魔法巻物《スクロール》を回復師の額《ひたい》に貼《は》り付ける。

紙面に書かれた呪文《じゅもん》を指先で摩《さす》ると、魔法が展開された。

回復師は慌《あわ》てた様子で魔法陣を剝《は》がそうとしたものの、転移魔法が発動するほうが早かった。

「ちょっ、魔法使いさんとふたりだけで旅するなんて、無理があ——！」

回復師の姿はあっさりと消えていった。

勇者様はこくこくと頷《うなず》きながら、回復師を見送っていた。

「回復師よ、この世の平和のためだ。これからはバカな行為など止《や》めて、達者《たっしゃ》に暮らせ」

バカな行為を働いたのは間違いなく勇者様である。

回復師の支援がない状態で、魔王になんて勝てるわけないのに。

「さあ、魔法使いよ。魔王討伐《とうばつ》の旅を再開しようか」

「その前に勇者様、ケガをした際の回復はどうなさるおつもりで？」

「お前、誰に物を言っているんだ？　私は勇者様だぞ？」

自信に満ちた様子で言ったものの、その瞬間、草陰《くさかげ》からゴブリンが飛び出してきた。

勇者様の顔面に、ゴブリンの棍棒《こんぼう》が振り下ろされる。

「うぎゃあああああ！！！」

勇者様は大量の血を吐きながら倒れ、そのまま動かなくなる。

ゴブリンによる、一撃必殺《ワンパンキル》だった。

「勇者様……」

これまでの旅では、モンスターが出現したら回復師が勇者様にバリアを展開し、ケガをした瞬間には無詠唱《むえいしょう》での回復術を展開していた。

それだけでなく、回復師は勇者様の武器である剣や身体能力をも強化させる、サポート魔法での支援もしていたのである。

それらのすべてを、勇者様は自分の実力だと思い込んでいたのだ。

ピクピク痙攣《けいれん》する虫の息な勇者様を眺《なが》めていたら、私もゴブリンから攻撃を受けてしまった。

後頭部に一撃――視界がぐらりと浮かぶ。

『ギッ、ギッ、ギイイイイ――――!!』

倒れた私の体を、ゴブリンが行進するように踏んでいく。

ミシ、ミシと骨が軋《きし》み、ついに鋭い足の爪《つめ》が私の首筋を切り裂いた。

悶絶《もんぜつ》するような、鋭い痛みに襲《おそ》われる。

悲鳴をあげることもできず、ヒューヒューと空気が漏《も》れるような音が鳴るばかりであった。

『ギャッ、ギャッ、ギャアアアア!!』

最後にゴブリンは私の顔を思いっきり踏み抜く。ここで意識がぶつんと途切れた。

魔王を倒す勇者のパーティが全滅した瞬間である。

回復師がいなければ、信じられないくらいの小物《ザコ》なのだ。

これもすべては、勇者様が回復師を追放したからである。

非常にわかりやすい〝ざまあみろ〟であった。

敵：ゴブリン
死因：才能《ギフト》〝死の行進《デス・マーチ》〟による圧死。
概要：死の行進《デス・マーチ》・・・敵を踏みつけることに成功した場合のみ、死ぬまで連続で踏みつけ、殺すことができる。

◆

暗闇《くらやみ》の中をゆらゆらと彷徨《さまよ》う。

このまま闇の中に沈めたらいいのに、誰かが私の腕を掴《つか》んで、強制的に光の中へと導く。

「――神よ、迷える者を救い給《たま》え!!」

野太い中年男性の声で覚醒《かくせい》する。

「意識が戻りましたか？」

「……はい」

私の顔を覗《のぞ》き込んできたのは、見知らぬおじさんである。

もっと詳《くわ》しく言うのであれば、純白の法衣《ほうい》に身を包んだ聖司祭《プリースト》だ。

周囲を見渡すと、美しいステンドグラスに大きな十字架が見えた。

ここは間違いなく、世界各地にある教会のひとつなのだろう。

頭の中が混乱状態だったものの、聖司祭《プリースト》と話をしているうちに、先ほどまでの状況を思い出した。

勇者様が回復師を追放したあと、ゴブリンに襲われてしまった。

全身の血肉をぐちゃぐちゃになるまで蹂躙《じゅうりん》され、壮絶《そうぜつ》な痛みと共に絶命する。

不運にも才能《ギフト》持ちのモンスターだったのだ。

この世界に生きる者達は、神より才能《ギフト》を授かって生まれる。

才能《ギフト》は大きく分けて二種類存在していて、魔法使いや剣士などの分類《クラス》に属するものと、火の玉《ファイアボール》や稲妻《ライトニング》など、能力《スキル》に属するものがある。

より多くの技《わざ》を使えるのが前者で、より強力な技を使えるのが後者といえる。

それは人だけに限定されず、モンスターも同様に。

ただ、モンスターの大半は才能《ギフト》を持たない空っぽ《エンプティ》である。

先ほどのゴブリンはめったに出会うことのない、才能《ギフト》持ちのモンスターだったわけだ。

そんな才能《ギフト》持ちのゴブリンに殺されてしまった。それなのに今、生きているのには理由がある。

この世界に生きる人々は、聖司祭《プリースト》の〝死者蘇生《レイズデッド》〟の才能《ギフト》で生き返ることができるのだ。

ただ死者蘇生《レイズデッド》も完璧《かんぺき》ではない。三日以内に発見されなかったときは死んでしまう。

また病気や寿命《じゅみょう》に死者蘇生《レイズデッド》は作用しない。あとは、大型の魔物に食べられ、きれいに消化されてしまったら蘇生《そせい》はできないようだ。

今回、早い段階で発見された私達は幸運だったのだろう。

「きちんと再生されているか、確認していただけますか？」

そう言って手鏡を差しだされる。

鏡に映り込んだのは紫色の瞳を持ち、シルバーの髪を三つ編みのおさげにした、十代前半にしか見えない自分自身の姿。

魔法使いが被《かぶ》るとんがり帽子に、黒魔法が付与《ふよ》された外套《ローブ》を纏う姿を確認できた。

すぐ近くには、宝石があしらわれた長い杖《スタッフ》が転がっていた。

どうやら装備品も無事らしい。

ホッと胸をなで下ろす。

というのも、ここに私達の死体を運び込んだ者がいるのだが、彼らは略奪者《シーフ》と呼ばれ、〝盗み《スティール》〟の才能《ギフト》を持つ者達である。

道ばたに転がった死体を見つけては、装備品と引き換えに、教会へと運んでくれるのだ。

最悪な場合は、身ぐるみを剝がされてしまう。

少し離れた場所に全裸《ぜんら》で転がる勇者様のように……。

勇者様は「はっ⁉」と声をあげて目覚める。

「こ、ここは教会なのか⁉　どうしてここに⁉」

「死んでしまったからですよ」

「死、だと⁉　この私が⁉」

聖司祭《プリースト》の背後に隠れ、勇者様の裸体《らたい》が見えないように努める。

ここでようやく、自身が生まれたままの姿であることに気づいたようだ。

「な、なぜ私は全裸なのだ⁉」

「略奪者《シーフ》に奪われたからですよ」

「は⁉」

「ご存じないのですか？　一回死んで略奪者《シーフ》に発見されたら、装備品と引き換えに、教会へ運んで蘇生してもらえるのです」

「そんな……‼　この私が死んで装備品を奪われるなど、ありえないだ――くっちゅん‼」

全身に感じる肌寒《はださむ》さが、勇者様に「これが現実なんだ」と知らせてくれるようだった。

「なぜ、私はザコなゴブリンを前に倒れてしまったんだ⁉」

「才能《ギフト》持ちのゴブリンでした。仕方がない話かもしれません」

「そ、そうだったのか！　おのれゴブリンめ。勇者であるこの私に楯突《たてつ》くなど、生意気にもほどがあるぞ！　不意打ちで才能《ギフト》を使い、私を倒すなんて卑怯《ひきょう》な奴《やつ》め！」

勇者様が倒されたのは、ゴブリンが才能《ギフト》を使ったからではない。

手にしていた棍棒で、急所を思いっきり殴っただけだ。

指摘《してき》してあげたいのは山々だったものの、これから魔王を倒すのに自信を失ったら大変だ。

今回は黙っておく。

「今日の私はどうしてしまったんだ。ゴブリンなんかに倒されるなんて」

別に、勇者様はどうもしていない、通常営業である。

これまで一度も死ななかったのは、回復師の過保護すぎるサポートがあったからだ。

彼女も気の毒な女性《ひと》である。

あんなろくでなし勇者様の幼馴染《おさななじ》みとして生まれてしまったばかりに、これまで尻拭《しりぬぐ》いを続けざるをえなかったなんて。

「それにしても略奪者《シーフ》め……!!　この私の装備をすべて奪うなんて許せん!!」

略奪者《シーフ》のおかげで命拾いしたというのに、この言いようである。

たしかに盗みはよくないが、略奪者《シーフ》は神より盗み《スティール》の才能《ギフト》しか与えられなかった。盗みをしながら生きるしか、道はないわけなのだ。

ある意味では同情してしまう。

才能《ギフト》は生まれたときから先天的に備わっており、才能次第《ギフトしだい》で人生の大半が決まってしまう残酷な世界なのだ。

中でも、唯一の才能《ユニーク・ギフト》を持つ者達は、特別待遇を受ける。

目の前にいる愚か者である勇者様も、唯一の才能《ユニーク・ギフト》である勇敢なる者《バリアント》の持ち主なのであった。

ただ、勇者様は完全ではない。

私が使える魔法のひとつ〝千里眼《クレアボヤンス》〟で見抜いた情報によると、勇者様の才能《ギフト》は変わっていた。

なんと、勇敢なる者《バリアント》の後ろに（補欠）と書いてあったのだ。

つまり、この世界のどこかに本物の勇者様がいて、いま全裸でいる勇者様は予備《スペア》というわけなのだ。

そんなことなど知らない勇者様は、全裸状態からどう脱しようか悩んでいる。

「聖司祭《プリースト》、その上着を寄越《よこ》せ！」

「いえ、こちらの法服はお譲《ゆず》りできないのです」

「全裸で世界を救えと言うのか⁉」

「そうは言われましても……」

駄々を捏《こ》ねた結果、勇者様は聖司祭《プリースト》から聖布を譲ってもらったようだ。

恩人：聖司祭《プリースト》
復活：〝死者蘇生《レイズデッド》〟によるもの。
概要：聖司祭《プリースト》は略奪者《シーフ》より金品の一部を受け取り、それと引き換えに死者蘇生《レイズデッド》を行う。
甦《よみがえ》った者達は知る由《よし》もない。

◆

聖布で下半身の急所を隠しただけの、ほぼ全裸な勇者様と共に、魔王を倒す旅を再開させる。

「仕方がないが、これで行くしか……というか魔法使い！　お前はなぜ服を着ているのだ⁉

どうして略奪者《シーフ》に奪われなかった⁉」

「お守りを装備していたからです」

「な、なんなのだ、そのお守りというのは？」

「金貨を五枚ほど包んだものですね」

略奪者《シーフ》が発見したら、お守りのみ引き抜き、身ぐるみは剝がされないのだ。

命が金貨五枚で助かるのだから、安いものである。

「なぜ、そのお守りとやらについて私に教えなかった⁉」

「勇者様は最強なのでしょう？　それゆえ、お守りは必要ないと判断しました」

「ま、まあ、言われてみればそうだな！」

物わかりがいい勇者様はそれ以上私を追及せず、教会を後にする。

ひとまず、その辺に落ちていた太い木の棒を剣代わりに戦うようだ。

「それにしても、略奪者《シーフ》め……！　この私の装備品を奪うなんて。よほど、かっこいいと思ったから、すべて盗んでいったのだな」

それはどうだろうか？

全身金ぴかな装備品は単純に、お金になると判断されたのだろう。

ただあれは、勇者様のご実家が用意した、勇者専用装備であった。彼以外着こなせるものではないだろう。

「勇者様、きっと近くの街に行ったら、なんでも屋でそのまま売っていますよ」

「いや、略奪者《シーフ》が大事に保管しているに違いない」

その自信はどこからやってくるのか。本当に不思議である。

そもそも、魔法学校でも大した成績でなかったのに、魔王を倒す旅に出る勇気は相当なものだ。勇敢《バリアント》なる者の才能《ギフト》を持つだけある。

なんでも勇者様は魔法学校を卒業後、婚約者と結婚し、魔法省に勤めるはずだった。

けれども彼の運命は大きく変わる。

始まりは卒業パーティーでの事件がきっかけだった。

仲良くしていた婚約者以外の女性とパーティーに参加していたら、婚約者である伯爵令嬢から婚約破棄《はき》を言い渡されたらしい。

もうこの時点で、バカとしか言いようがない。公式行事に、異性の友達と一緒に行くなど礼儀に反した行為で、通常は婚約者と参加すべきものだ。貴族でない私にだってわかる常識である。

おそらく勇者様は日頃からクズ行為を重ねた結果、婚約者に愛想《あいそ》を尽かされてしまったに違いない。

勇者様の愚行が知れ渡った結果、魔法省の内定も取り消しとなり、しばらく無職で引きこもりの状態が続いていた。その期間はさすがの勇者様も落ち込んでいたらしい。

そんな中で、世界を滅ぼそうとする魔王が出現した。

〝予言《プロフェシー》〟の才能《ギフト》を持つ聖司祭《プリースト》が、この世界は勇敢なる者《バリアント》の才能《ギフト》を持つ者が救うと宣言した。

それで勇者様の地に落ちていた名誉はあっという間に回復し、魔王討伐の旅に出たというわけである。

そんな勇者様の幼馴染みであり、魔法省で働いていた回復師は心配し、旅に同行していた。

それなのに、この仕打ちである。

ちなみに私は死体として転がっていたところを勇者様が発見し、教会へ連れて行ってくれた。

そんな恩があるので、魔王討伐の旅に同行していたのである。

裸足《はだし》でのっしのっし歩いていた勇者様だったが、突然悲鳴を上げる。

「ぎゃあ!!」

膝《ひざ》から崩《くず》れ落ち、足を押さえて転がっていた。

いったい何があったのかと覗き込むと、トゲトゲした草を踏んでしまったようだ。

「クソ！　靴まで奪うとは、略奪者《シーフ》め、卑劣な奴！」

これ以上、もう歩けないとまで言いだした。

「おい、魔法使い。魔法薬を寄越せ!!」

「持っていませんが。旅に必要な道具を管理していたのは、回復師です」

「な、なんだと!?」

旅に必要なありとあらゆる道具を回復師に押しつけていたのは勇者様である。

回復師は大量の道具を持ち運べる空間魔法を習得していた。そのため、なんでもかんでも彼女にすべて預けていたのだ。

「ならば、回復術は使えないのか!?」

「反回復術《アンチ・ヒール》なら使えますが」

「な、なんだその、不気味な響きの魔法は⁉」

「回復する対象の命を削《けず》って行う闇魔法です。使いますか？」

「バカ！　使うな！　どうしてお前はそんな邪悪な魔法を知っているんだ！」

「勇者様にもしものときがあるかもしれないと思い、念のために習得しておきました」

「私の命と引き換えに行う魔法など、許可するわけがなかろうに‼」

止血《しけつ》する布を、と言ったものの、私も私物は回復師にすべて預けていた。

「手巾《しゅきん》の一枚もないのか⁉」

「残念ながら……。その、腰に巻いた聖布でも使ったらいかがですか？」

「これを使ったら全裸になるだろうが！」

ギャアギャア文句ばかり言う勇者様であったが、何かに気づいたようでハッとなる。

草っ原に這《は》いつくばり、その中にあった草を摘《つ》んで掲《かか》げた。

「これは、ヒール草だ！」

なんでも魔法学校時代、ヒール草を採取し、魔法薬を作る授業を受けたらしい。

「このヒール草を挽《ひ》いて、聖なる水を混ぜたら魔法薬になるんだ！」

ちょうど近くに、教会の井戸があった。そこで水を汲《く》み、石を使ってすり潰《つぶ》したヒール草を混ぜた。

魔法薬は液体かと思いきや、薬草を潰して水分を加え、丸めたものである。

「よし、できたぞ！」

「あ――！」

私が止める前に、勇者様は魔法薬を口に放り込んだ。

「ぐは!!」

次の瞬間、勇者様は大量の血を吐き、その場に倒れて動かなくなった。

魔法薬が完成した瞬間に千里眼《クレアボヤンス》を使って見たのだが、勇者様が作ったのは毒薬だった。

彼が発見したのはヒール草ではなく、ポイズン草だったみたいだ。

このふたつの薬草は見た目がよく似ている。

見分け方も習っていただろうに、間違えるとはさすが魔法学校の成績下位者、としか言いようがない。

虫の息になった勇者様を教会まで運び、ポケットマネーである金貨五枚と引き換えに、聖司祭《プリースト》に蘇生してもらった。

勇者様の蘇生を待つ間、私は魔法薬作りに挑戦してみた。

先ほど勇者様が摘んでいたポイズン草に似たものがヒール草なのだろう。

残念なことに私の千里眼《クレアボヤンス》は、動物や人の手が加わった物しか見抜けない。こういった自生している植物には使えないのだ。

念のため革袋《かわ》を嵌《は》め、魔法薬作りに挑戦してみた。草をすり潰し、教会の水と共に練り、丸めていく。全部で六つの魔法薬が完成した。
早速《さっそく》、千里眼《クレアボヤンス》で上手《うま》くできたか確認してみる。
その一：ポイズン丸薬
その二：ポイズン丸薬
その三：ポイズン丸薬
その四：ポイズン丸薬
その五：ポイズン丸薬
その六：ポイズン丸薬
どうやらこの辺《あた》りにはポイズン草しか自生していないらしい。神聖な教会の敷地内だというのに、毒草だらけとはどういうことなのか。
まあ、いい。何かに使えるかもしれないので、道具袋に入れておく。
それから一時間ほどして勇者様が戻ってきた。
「おい、私はまた死んだのか！」
「ポイズン丸薬を作ってお亡くなりになりました」
「クソ！　この私がポイズン草とヒール草を間違うとはな！」
もう一度魔法薬作りに挑戦しようとしていたが、やんわり阻止《そし》した。
「勇者様、ここに自生しているのはポイズン草ばかりです」

「なんだと、本当なのか⁉」

「知っていたのならば、なぜ言わなかった！」

「ええ」

「聖司祭《プリースト》から聞いたんです。私も知りませんでした」

「そ、そうだったのか」

ひとまず、足の裏にある傷は蘇生してもらったときに治ったらしい。

金貨五枚もかかったが、結果的にケガが治ったというわけだ。

それよりも、最低限の服を身につけ木製の剣を持っていたので驚く。

物語の序盤に登場する勇者に憧《あこが》れる村の少年、といった装いだが、全裸に聖布を纏った状態よりはるかにマシだろう。

「勇者様、そのお召し物はどうしたのですか？」

「聖司祭《プリースト》に後日、父にこの教会に寄付《きふ》するよう伝えておくと約束し、用意させたものだ」

「なるほど」

勇者様はこう見えて、この国で一番の名家の生まれだ。

各商店で名前を口にするだけで買い物ができてしまうという、真なるお金持ちなのだ。

街に立ち寄るたびに、高級宿とごちそうを用意してもらえる。

勇者様のお人柄は最悪の一言で、私もうっかり死んでしまったものの、街での贅沢《ぜいたく》を味わっているので、パーティを抜けられないのだ。今は、勇者様はしっかり革製のブーツも履《は》いているので、草で足の裏を切って騒ぐこともないだろう。

「魔法使い、私のあとをしっかりついて来いよ」

「はあ」

嫌な予感しかしない、新たな出発である。

このままモンスターと出会いませんように。そう願っていたものの、人生はそのように甘くはなかった。

モンスターとの遭遇《そうぐう》が多くなる夜までには街に行きたい。

なんて考えている中、突如《とつじょ》として草むらからモンスターが飛び出してきた。

棍棒ではなく、短杖《ロッド》を手にしたゴブリンである。私達を見つけるなり、ぶつぶつ詠唱を始めた。ゴブリンの周囲には魔法陣が浮かぶ。

知能が低いゴブリンが魔法を扱うなんてありえない。確実に才能《ギフト》持ちだろう。

「勇者様、逃げましょう」

「何を言っている！　勇者たるもの、モンスターに背を向けるわけにはいかない！」

勇者様は木の剣を振り上げ、ゴブリンへ斬《き》りかかる。

ただひと息遅かったようで、魔法が完成してしまった。

『ギギッ!!』

ゴブリンが短杖《ロッド》を振り上げると、鋭い風が勇者様に向かって斬りかかってくる。

あれは風属性の中位魔法〝風の刃《エアブレイド》〟だ。

勇者様の体は料理に使う豚肉《ぶたにく》のようにスパスパ切り刻《きざ》まれる。

悲鳴を上げる間もなく、絶命したようだ。

「あ――！」

勇者様の死体に気を取られている間に、私の体も〝風の刃《エアブレイド》〟で切り裂かれてしまう。

そんなわけで、本日二度目の死を迎えてしまったのだった。

◇◇◇

私達のバラバラ死体は近くの街の教会に運ばれたらしい。略奪者《シーフ》は私が作ったポイズン丸薬六つと引き換えに、命を助けてくれたようだ。

またしても、勇者様は身ぐるみを剝がされて全裸だった。

幸いにも私の装備品や服は無事である。

勇者様はここでも父親に寄付させることを約束し、服を譲り受けた。

しかしながら、ただの服ではなく――。

「なぜ、修道女《シスター》の装いしかないのか！　おかしいだろうが！」

顔立ちが整っているからか、修道女《シスター》の服装が妙に似合っている。

すれ違う修道士《モンク》達から熱い視線を受けていたが、すべてに舌打《したう》ちを返していた。

「ひとまず、今日は二回も死んでしまったので疲れました」

「私は三回も死んだ！」

勇者様はなぜか勝ち誇ったような顔で私を見る。死んだ回数でマウントを取らないでほしい。

連れてこられた街はそこそこ大きい街だった。遠くに大きな時計塔が見える。

さらに夜だというのに、人通りが多い。

「さて、貴族街のほうに移動するか」

この辺りは下町に属するような区画らしい。こういう場所は勇者様が得意とするツケがまったくきかず、すべて現金のみでの支払いを命じられるのだ。

周囲には道ばたに敷物を広げただけの商店が並んでいる。

怪《あや》しい壺《つぼ》や偽物《にせもの》の宝石などが販売されているようだ。

「この辺りは下品な物しか売っていないな」

「ええ。あの金ぴかの鎧とか、まさにその通りかと」

「ああ、そうそう、あのように下品な物が――――いや、あれは、私の鎧ではないか!!!!」

私の鼓膜《こまく》を破るような声で勇者様は叫ぶ。

必死の形相《ぎょうそう》で、金ぴかの鎧のほうへ走って行った。

はぐれてしまわないように、あとに続く。

勇者様の金ぴかの鎧は大安売りの赤札が貼られた状態で売られていた。

「おい、店主、これは私の鎧だ‼」

勇者様の訴えに、店主と呼ばれた男性は「はあ?」という顔で見返してきた。

「この鎧は死した私から、略奪者《シーフ》が奪った品だ！　返してくれ！」

「いやいやいや、それはできないよ。これはうちが買い取った品なのだから！」

店主の言い分は正しい。

勇者様は金ぴかの鎧と引き換えに、命を助けてもらったのだから。

よくよく見たら金ぴかの鎧だけでなく、金ぴかの剣や長靴《ちょうか》などの一式がすべて赤札価格で売られていた。

「というか、私の鎧がたった銀貨一枚だと?」

「これは不良品なんだ」

「なんだと⁉」

「誰も着ることはできないし、どれだけ熱を加えても金はいっこうに溶けない。利用価値がないクズ鎧なんだよ」

「当たり前だ！　それは勇者である私専用の装備なのだから！」

このままでは埒《らち》が明かない。

勇者様をどーどーとなだめ、お金を用意して戻ってくることを店主に約束する。

敵：マジシャン・ゴブリン
死因：〝風の刃《エアブレイド》〟によるぶつ切り死。
概要：〝風の刃《エアブレイド》〟・・・鎌《かま》のような風の刃《やいば》で敵を切り裂く中位魔法。

◆

冷静さを失っている勇者様の手を引き、ひとまず人気《ひとけ》の少ないところへ移動した。

「魔法使い！　あれは私の鎧だった！」

「ええ。わかっていますので、落ち着いてください」

「しかし――」

「こういうとき、お父様がどういった対応をされていたのか、よくよくご存じでしょう？」

父親の背中をよく見て育った勇者様は、すぐにピンときたようだ。

「争うのは時間の無駄だ。金で解決しよう」

「そのとおりです」

「しかしながら、私の私物はすべて回復師が持っている。売れそうな品は持っていないぞ」

「ご心配なく。この街には勇者様のお父上が経営している宝飾店がありますから！」

勇者様のすぐ背後に、そのお店はあった。

「たしかにあの店は父が経営しているが、脅《おど》して金品を奪うのか？」

「いいえ、そのような物騒《ぶっそう》なことはしません。事情をお話しして、宝飾品を譲っていただくんです。それを売った品で、金ぴか装備一式を買いましょう」

「ああ、なるほど。そういうことか」

修道女《シスター》の恰好《かっこう》をしているので、勇者様が経営者のご子息かわかるか心配だった。

けれども店主はすぐに勇者様だと気づき、どうかしたのかと聞いてくる。

事情を話すと、彼は宝石ではなく売り上げの一部を譲ってくれた。

話が早くて非常に助かる。

すぐに金ぴか装備一式を取り戻した勇者様は、満足したように頷いていた。

「さて、勇者様、そろそろ夕食でも――」

「その前に、ギルドに行くぞ」

「なんでですか？」

「才能《ギフト》持ちのゴブリンが出現したことを報告しなければならない」

「あー」

才能《ギフト》持ちのモンスターは単体で村や集落を滅ぼした記録がある。

もしも目撃したときは、ギルドに報告しなければならないのだ。

変なところで真面目《まじめ》な勇者様である。

ギルドに行くと、恰幅《かっぷく》のいいおじさんが駆け寄ってきた。誰かと思いきや、ギルド長らしい。

「ああ、勇者様！　よかった！　実は相談事がありまして！」

ギルド長は手もみしながら話しかけてくる。

この様子だと、〝相談事〟と書いて、〝やっかいごと〟と読むようなことなのだろう。

すぐに奥の部屋へ通され、目の前に食事が並べられる。

あつあつのかぼちゃポタージュに、焼きたてのパン、メインは香ばしく焼かれた骨付き肉だ。

久しぶりのごちそうである。

空腹だったらしい勇者様は骨付き肉をナイフとフォークを使って優雅《ゆうが》に食べながら、話に耳を傾けていた。

「して、どうした？」

「それがですねえ、少し困った依頼がございまして……」

テーブルの空《あ》いているスペースに、一枚の紙が置かれる。

それはギルドの掲示板に貼られている依頼書であった。

「んんん？　リーフ村の腐死者《ゾンビ》討伐、だと？」

腐死者《ゾンビ》というのは、人の形に似たモンスターである。痛覚がないので、いくらダメージを与えても怯《ひる》まないという、可能であるならば会いたくないモンスターだ。

「この依頼を受け、腐死者《ゾンビ》討伐に行った冒険者達が、戻ってこないのです。もしかしたら、腐死者《ゾンビ》にやられている可能性があります」

「なるほど」

「おそらく、普通の腐死者《ゾンビ》ではないのでしょう」

「才能《ギフト》持ちかもしれないのか？」

「ええ、そうなんです」

なんでもこの街で有名な冒険者が、十日ほど戻ってきていないらしい。

生存は絶望的だろうと判断し、これ以上被害者を出さないために依頼書を掲示板から撤去したようだ。

勇者様はその依頼書を手に取って、眉間《みけん》に皺《しわ》を寄せている。

「しかしながら我らは魔王退治《たいじ》に行こうとしている身。ここで寄り道なんぞしている場合ではないのだが……」

ここでギルド長が立ち上がると、勇者様に向かって勢いよく平伏《へいふく》した。

「勇者様!!　お願いします!!　どうか、リーフ村に行って、腐死者《ゾンビ》を討伐してください!!　お願いできるお方は、勇者様しかいないんです!!」

その言葉に勇者様の心が動いてしまったようだ。

単純な彼は、勇者様にしか、とか、勇者様でないと、みたいな使命感に駆られるような言葉にとことん弱いのである。

「わかった。私がリーフ村まで行き、腐死者《ゾンビ》を討伐してこようではないか！」

「あ、ありがとうございます！　さすが勇者様です！」

凛々《りり》しい顔で頷く勇者様を見ながら、「あーあ」と思う。

回復師がいない状況で、どうやって腐死者《ゾンビ》と戦うというのか。

腐死者《ゾンビ》相手にもっとも有効なのは、回復師が使う回復魔法《ヒール》なのだ。

「魔法使いよ、今すぐリーフ村へ向かおうぞ」

「待ってください。夜はモンスターとの遭遇が倍以上になるんです。朝まで力を温存して出かけたほうがいいでしょう」

「まあ、そうだな」

本当に、勇者様の素直な部分だけはいいところだと思う。

ひとまずこの街で一泊してから向かうと言ってくれたので、ホッと胸をなで下ろした。

ギルド長と別れ、街を歩いていると、勇者様が何かを発見したようだ。

「勇者様、どうかなさったのですか？」

「いや、回復師の代わりにパーティメンバーを補充したいと思っていたのだが、いい存在《やつ》を見つけたかもしれない」

「はあ」

いったいどこの誰をスカウトすると言うのか。

嫌な予感しかしない。

「で、どなたをお誘いするのですか？」

「あれだ!!」

勇者様が元気よく指差したのは、檻《おり》に入れられた真っ白い犬だった。

「あ、あちらは……？」

「わからないのか？　フェンリルの仔犬《こいぬ》だ！」

フェンリルというのはテイム——手懐《てなず》けることが可能な中でも、強さが上位に位置する部類の使役獣《しえきじゅう》だ。

才能《ギフト》持ちの個体がほとんどで、魔物使い《ティマー》の中でも人気が高いと聞いた覚えがある。

「しかしながら勇者様、使役は才能《ギフト》がないと使えないのでは？」

「いいや、可能だ。あれは魔物屋といって、魔物使い《ティマー》が捕らえた使役獣を売り、契約まで面倒《めんどう》を見てくれる店なのだ」

なんでも魔物屋で購入した使役獣は、魔物使い《ティマー》でなくても従えることが可能だという。

「少々高価だが、回復師が欠けた穴を補ってくれるだろう」

勇者様は決まったとばかりのキメ顔で言ったものの、どこをどう考えたら、回復師の代わりにフェンリルを入れようと思いつくのか。

私の言うことなんて勇者様は聞かないだろうが、一度止めてみよう。なんて考えている隙《すき》に、勇者様の姿は魔物屋の前まで移動している。

慌てて追いつくと、すでに店主と会話を交わしていた。

魔物屋にはさまざまな魔物が檻の中に閉じ込められていた。

さすがに、見た目が不気味なゴブリンや虫系のモンスターはいない。

ウサギに角《つの》が生えたキラー・ラビットや、背中に毒針を生《は》やしたポイズン・ラットなど、それとなくかわいい要素があるモンスターが取りそろえられている。

奥にある瓶詰《びんづ》めされた色とりどりの液体はスライムらしい。才能《ギフト》付きの個体は高値で販売されているようだ。

他にも、モンスターの卵もいくつか置かれていた。値札《ねふだ》には、何が生まれるかお楽しみに、という怖すぎる一言が書かれている。

なんだこの店は……という感想しか出てこなかった。

店主は勇者様に向かって前のめりで、フェンリルについて説明し始めた。

「このフェンリルはあの、ミノ雪山で捕獲《ほかく》した個体で、おそらく氷属性の才能《ギフト》があるのではないか、と予想しております」

非常に強力なフェンリルの仔犬ではないか、と店主は自慢げな様子で言う。

ただ、その物言いにどこか焦《あせ》りと胡散臭《うさんくさ》さを感じてしまった。

もしも強力なフェンリルの仔犬ならば、母犬が近くにいて、捕獲なんぞ困難だろう。

おそらくうっかり捕まってしまった、ドジな個体に違いない。

檻の中に閉じ込められたフェンリルの仔犬は、ウルウルとした瞳で勇者様を見つめていた。

「ふむ。言われてみれば、強い眼差《まなざ》しを浮かべているように見える」

「そうでしょう、そうでしょう！」

どこが強い眼差しなのか。たとえるとしたら、雨の日に散歩に行けないと飼い主から言われ、悲しくなった犬の表情だろう。

「フェンリルといったら、大きさも魅力です。成獣になると、馬よりも大きくなるんです。さらにその体毛は針のように鋭く、モンスターの攻撃も防ぎます。盾役《タンク》も可能なほど高い防御《ぼうぎょ》力《りょく》があるそうです！」

フェンリルの仔犬の体毛は、綿毛《わたげ》のようにフワフワだった。高い防御力があるようには見えない。

「さらに、フェンリルは高い知能を持っていると言われています。人間の言葉を正しく理解し、命令することも可能です！」

「たしかに、全身から知性を感じるぞ！」

フェンリルの仔犬は檻の中から片足を上げ、店主の足におしっこをかけている。この仔犬のどこに知性を感じているのか。理解不能であった。

「この特別なフェンリルですが、今日は特別セール期間中で、通常、フェンリルは金貨百枚ほどで取り引きされるのですが、なんと、こちらのフェンリルの仔犬は金貨五枚!! 金貨五枚で販売します!!」

フェンリルが金貨五枚で販売される不思議……。絶対に何かワケアリなのだろう。

それよりも、フェンリルの仔犬の才能《ギフト》について、店主が把握《はあく》していないのも引っかかった。

果たしてどの程度の能力を秘めているのか。

千里眼《クレアボヤンス》を使って調べてみた。目を眇《すが》めると、フェンリルの仔犬の頭上に文字が浮かんできた。

そこで、信じがたい情報を目にしてしまう。

「なっ、こ、これは——!?」

種族：ミニチュア・フェンリル
年齢：五十五歳
才能《ギフト》：愛嬌者《フル・ラブリー》
補足：五年前にうっかり捕まる。成獣になってから販売する予定だったが、なかなか大きくならず、ついに仔犬のまま販売することを決意。

このフェンリルは一般的なフェンリルではない。たしかミニチュアというのは古代語で、〝小さき者〟を意味する言葉だ。

年齢も五十五歳と出ているので、この状態が成獣なのだろう。

「勇者様、お待ちください。このフェンリルの仔犬は――！」

「よし、では名前は〝イッヌ〟にしよう」

「契約成立ですね!!」

注意を呼びかけようとした瞬間、フェンリルの仔犬の頭上に魔法陣が浮かんだ。中心には勇者様が命名した、〝イッヌ〟という名がしっかり刻まれている。

『きゅううううん!!』

さらにフェンリルの仔犬は契約を受け入れ、高く鳴いた。

「これでイッヌは私に従うというわけだ」

「え、ええ!!」

店主の額には汗《あせ》がびっしりと浮かんでいる。詐欺《さぎ》を計画していたのに、案外小心者だ。勇者様がフェンリルの仔犬改め、イッヌを檻から出してやる。

すると、イッヌは尻尾《しっぽ》が千切《ちぎ》れそうなほどにぶんぶん振りながら、勇者様にしがみつく。

勇者様がイッヌを抱き上げると、顔をペロペロ舐《な》め始めた。

そういうのは嫌がるかと思いきや、「ははは！」と笑いながら受け入れていた。

私は内心、雑菌が口の中に入りそうだな、と思ってしまう。

「ありがとうございました!!」

店主は代金を受け取ると、大急ぎで閉店作業に取りかかる。そして、あっという間に店じまいをしてしまった。

勇者様は上機嫌な様子でイッヌに声をかける。

「イッヌ！　これから立派《りっぱ》なフェンリルになるんだぞ！」

『きゅうん!!』

イッヌはキラキラとした瞳で、かわいらしく鳴く。

愛嬌《あいきょう》だけは無駄にある、中年《おっさん》フェンリルが仲間になった瞬間であった。


テイムしている魔物を街中《まちなか》で連れ歩く場合は、首輪をつけて繋《つな》いでおかなければならない。

首輪や鎖《くさり》もおまけで貰《もら》っていたようだ。

イッヌには革の首輪が装着され、鎖で繋がれている。正しいテイムの在《あ》り方なのだが、遠くから見たら散歩中の小型犬にしか見えなかった。

ちなみに餌《えさ》は必要ないらしい。契約者から供給される魔力のみで充分生きていけるようだ。

餌代がかからないのは地味に助かる。

「イッヌ、お前が大きくなったら、私を背中に乗せてくれるか？」

『きゅうん！』

「そうか、そうか。楽しみにしているぞ」

何やら楽しげに会話しているようだが、イッヌはこれ以上大きくならない。

仮に奇跡が起きて大きくなったとしても、フェンリルの体毛は針のように鋭いので、騎乗は不可能だろう。

人生には夢や希望があったほうがいいので、指摘しないでおくが。

「さて、と。戦闘力の補充はこんなものでいいか」

明日に備えて眠りたい。が、その前に、腐死者《ゾンビ》討伐に備えてアイテムを買い集めておいたほうがいいだろう。

「勇者様、道具屋で魔法薬や装備を揃《そろ》えましょう」

「そんなもの、これまで必要なかったが？」

「これまでアイテムを必要としなかったのは、回復師さんが魔法で毒や傷を治してくれたからなんです」

「そうだったのか！」

いつも知らぬ間に回復していたので、助けてもらっていた意識がないのだろう。

おそらく腐死者《ゾンビ》がいる村にも道具屋はあるので、アイテムは最低限にしよう。

中央街にある道具屋へ一歩足を踏み入れた瞬間、店主に注意される。

「お客さん、犬の入店はお断りだよ」

「イッヌは犬ではない。誇り高きフェンリルの仔犬だ！」

「フェンリルでもケルベロスでも、犬に違いないんだ」

「むむう……！」

苦渋の措置《そち》として、イッヌは道具屋の前にある魔石街灯に繋がれた。

まるで、飼い主が買い物する間だけ外に繋がれた犬のようだ。

「イッヌ、そこで少しの間だけ待っているんだぞ」

『きゅううううん！』

イッヌは手足をばたつかせ、潤《うる》んだ瞳で勇者様を見つめる。一秒たりとも別れたくない、と訴えているようだった。

「そんなふうに鳴いても、イッヌは店内に入れないんだ！」

『きゅううう……！』

「勇者様はイッヌとそこで待っていてください。買い物は私がしますので」

どうせ、何が必要かとかわかっていないだろう。

勇者様とイッヌを外に待たせ、私は道具屋へ戻る。

「いらっしゃい。彼氏と犬は置いてきたのかい」

「彼氏ではありません」

犬のほうは否定しないでおく。おそらく、その辺の愛玩犬《あいがんけん》以下の戦闘能力だろうから。

ひとまず、基本的な魔法薬（ヒール丸薬、解毒《げどく》丸薬、気付け薬、傷用軟膏《なんこう》、眠気覚まし、酔い止め）を購入した。

「あと、魔物避《よ》けはありますか？」

「あるよ」

道具屋には聖水と魔物避けが販売されている。

中身はどちらも一緒なのだが、なぜか聖水のほうが少し高価なのだ。

聖水は教会の井戸水を貰いにいけば無償《むしょう》なのだが、寄付をせずに拝借したら聖司祭《プリースト》はあまりいい顔をしない。いろいろ面倒なので、買ったほうがマシなのだ。

最後に携帯食を購入する。

陳列棚に並んでいるのは、干し肉、堅固《けんご》パン、干し果物、ナッツ、板状チョコレートなど。

なるべく軽い物がいいだろうと思い、干し肉を購入した。

会計は銀貨五枚ほど。勇者様のご実家のツケで購入させていただいた。

アイテムを鞄《かばん》に詰めたら、パンパンになってしまう。こんなにたくさんのアイテムを持ち運ぶなんて初めてだ。

これまでアイテムは回復師が収納魔法で運んでいたので、不在が悔《く》やまれる。

道具屋の外に出ると、勇者様が楽しげな様子でイッヌと戯《たわむ》れていた。

「おい、魔法使い！　私のイッヌは非常に賢《かしこ》いぞ！　見てくれ！」

そう言って、勇者様はイッヌのお手を披露《ひろう》してくれた。

「イッヌよ、お手を披露せよ！」

『きゅううん！』

勇者様が差しだした手に、イッヌが前足を素早く乗せた。

ふたりとも、誇らしげな表情で私を見つめる。

「わー、すごいですねー」

自分でも驚くほど棒読みだったが、勇者とイッヌは満足げだった。

ドッと疲労が押し寄せる。こうなったら、豪華《ごうか》な食事を食べて気力を回復させたい。

「さて、魔法使いよ。次はどうしようか」

「食事です!!」

「そうだったな。言われてみたら空腹だ」

喜び勇んで高級レストランに足を運んだのだが――。

「犬の入店はお断りしております」

「なんだと⁉」

ここでも、イッヌのせいでお店に入ることができないと言われてしまった。

「勇者様、イッヌは店の外に繋げておきましょう」

「嫌だ！　何十分も、このように賢くかわいいイッヌを外に繋いでいたら、誰かに誘拐《ゆうかい》されてしまうだろうが！」

飼育一日目にして、過保護すぎる飼い主と化しているらしい。

犬連れは基本的にどこの店もお断りなのだろう。

ならば、選択権はひとつしかない。

「屋台街に行きますか」

「なんだ、それは？」

お坊ちゃん育ちの勇者様は、屋台街をご存じでないらしい。

「屋外で食べ物を販売している区画があるんです。そこならば、イッヌを連れて食事ができるでしょう」

「ああ、なるほど。そのような場所があるのだな！」

そんなわけで、お腹《なか》の虫がぐーぐー鳴く音を聞きながら屋台街へ向かったのだった。

太陽が傾き、夜の帳《とばり》が下りていく。屋台街の店先に吊《つ》るしてあった魔石灯の明かりが灯《とも》され、辺りは幻想的な雰囲気《ふんいき》になっていった。

屋台街では肉が焼ける音がし、いい匂《にお》いが漂っている。

「勇者様は何を食べますか？」

「前菜は鴨《かも》のテリーヌがよい」

「そのような上品な料理は屋台街にはありません」

「なんだと⁉」

「鴨がお好きならば、あちらに焼いたものがございます」

私が指をさしたのは、鴨の丸焼きだった。

ちょうど鴨の顔が勇者様のほうを向いていたようで、驚きの表情を浮かべる。

「あの鴨はそのまま丸かじりするのか⁉」

「いいえ。注文したら、身を解《ほぐ》してもらえるようですよ」

「そ、そうか。安心した」

「買いますか？」

「いや、今日はいい」

どうやらこんがり焼けた鴨と目が合ったようで、食べたい気持ちが失《う》せてしまったようだ。

他にも、豚の頭部がどかんと置かれた店や、魚の躍《おど》り食い、トカゲの丸焼きなど、ありとあらゆる料理が売られていた。

どの料理も勇者様のお眼鏡《めがね》にかなう物ではなかったようで、ひたすらいらないと首を横に振っていた。

「ひとまず、魔法使いと同じ物を購入してくれ」

「わかりました」

屋台の定番である串焼き肉に、ひき肉パン、魚の丸焼きに、揚《あ》げ芋《いも》、ベリーの飴絡《あめがら》めに蜜《みつ》炭酸ジュースを購入した。

屋台街にはテーブルと椅子《いす》が用意されていて、自由に利用できる。

買ってきたものを広げ、どっかりと腰かけた。勇者様はイッヌを膝に置いた状態で座る。

お腹も空《す》いているし、さっそくいただこう。

串焼き肉を握り、頬張《ほおば》ろうとした瞬間、ふと気づく。

勇者様は料理を前に、食前の祈りを神へ捧《ささ》げていた。こういうところを見ると、育ちがいい人なんだな、と思ってしまう。

私は神なんているわけがないと思っているので、何もせずに串焼き肉をいただく。

香ばしく焼かれた肉には濃い目の香辛料《こうしんりょう》が振られていて、疲れた体に沁《し》み入るよう。

ひき肉パンは肉汁《にくじゅう》たっぷりで、揚げたてのパンはカリカリだった。

塩をたっぷり振った揚げ芋は、ホクホクしていておいしい。

ベリーの飴絡めは薄く絡《から》めてある飴が、ベリーの甘さを引き立ててくれているようだった。

喉《のど》の渇《かわ》きを蜜炭酸ジュースで癒やす。

勇者様はナイフやフォークがない食事は初めてだったようで、戸惑《とまど》っている様子だった。カトラリー類も、回復師が毎回勇者様のために用意していたのだろう。

これからはこういう食事にも慣れてほしい。

お腹が満たされた私達は、宿に向かう。ここでも、問題が起きてしまった。

「その、犬の宿泊はちょっと……」

さすがに、街中で野宿はない。どうしようかと困り果てていたら、勇者様が解決してくれた。

「ならば、イッヌの宿泊料として、金貨三枚払おう」

そんなふうに交渉《こうしょう》を持ちかけると、思いのほかあっさり宿泊が許可された。

勇者様はキリッとした様子でいたものの、支払いをするのはご実家の父君である。

実家が太いというのは最強の切り札だな、としみじみ思ってしまった。

◇◇◇

熱い湯で一日の汚れを落とし、フカフカのベッドで休んだ私達は、翌日、リーフ村へ旅立つ。

腐死者《ゾンビ》退治は憂鬱《ゆううつ》だが、勇者様が引き受けてしまったのだ。

出発はギルド長が街の外まで見送りに来てくれた。

「勇者様、頼みますぞ！」

「ああ、任せてくれ！」

ギルド長は私達の姿が見えなくなるまで手を振っていた。

街の外に出たので、イッヌは首輪と鎖から解放される。小さな足を必死にシャカシャカ動かし、私達についてきていた。

「昨晩はイッヌと一緒に入浴し、同じ寝台で寝たぞ。温かくて、ぐっすり眠れた」

「さようでございましたか」

あの勇者様が世話を焼き、隣で眠ることを許可するなんて。イッヌは愛嬌者《フル・ラブリー》の才能《ギフト》をしっかり発揮《はっき》しているらしい。

イッヌが普通のフェンリルではないと気づいたとき、勇者様はどんな反応を示すのか。溺愛《できあい》っぷりを見るからに、きっと「それも個性だ！」なんて言い出しそうだ。

イッヌの愛嬌《あいきょう》があれば、捨て犬になることはないだろう。たぶん。

ここからリーフ村まで徒歩で三時間ほど。馬車は出ているようだが、一週間に一度くらいの頻度《ひんど》らしい。

人口は百人ほどの小さな村で、村人が減り続けていて閉鎖《へいさ》的な場所だという。

歩いていると、だんだんと雲がかかっていく。

先ほどまでは天気がよかったのに、どんどん空が暗くなっていった。

日中の明るい中ならば、腐死者《ゾンビ》と遭遇しても恐ろしくない。なんて考えていたが、曇天《どんてん》の不気味な雰囲気の中での移動になりそうだ。

『きゅん！』

急にイッヌが立ち止まり、全身の毛を逆立たせた。

次の瞬間、モンスターが飛び出してくる。

鋭い牙《きば》を持つ狼《おおかみ》型のモンスター、フォレスト・ウルフだ。

意外にも勇敢《ゆうかん》なところがあるイッヌは、フォレスト・ウルフに飛びかかった。

しかしながら、太い足で吹き飛ばされてしまう。

『きゅううん!!』

「イッヌ――――!!」

勇者様は倒れて動かなくなるイッヌの前に膝を突き、私が購入した回復丸薬をしこたま食べさせる。

だが、そんなことをしている場合ではないだろう。

フォレスト・ウルフの爪先《つまさき》が勇者様の眼前に迫る。

「勇者様、目の前にフォレスト・ウルフが！」

「わかっている！」

勇者様は金ぴかの剣を引き抜き、フォレスト・ウルフに斬りかかった。

「愚かなる野犬め！　よくも私の大事なイッヌを傷つけたな！」

目にも留まらぬ素早い一撃をフォレスト・ウルフに食らわせる。

首筋を傷つけられたフォレスト・ウルフは、血を噴水《ふんすい》のように勢いよく噴《ふ》き出した。

フォレスト・ウルフが怯んだ隙に、勇者様は首を刎《は》ね飛ばした。

『ギャウン!!』

勇者様は連続攻撃で、フォレスト・ウルフを倒してしまった。

このように見事な戦いっぷりを見せたのは初めてかもしれない。イッヌを守りたいという思いが、勇者様を強くしたのか。

それにしても、小さいながらもフェンリルであるというのに、戦闘能力が皆無《かいむ》だとは……。

おそらくイッヌが使う手法は、異世界人がこの国に伝えた新語、〝姫プレイ〟というやつなのだろう。

通常は美しい容姿を持つ者が屈強な仲間に守ってもらい、自らはほとんど戦わない状態で旅を続けることを示す言葉のようだが……。

〝愛嬌者《フル・ラブリー》〟の才能《ギフト》を持つイッヌは、戦わずして、生き延《の》びる術を持っているのかもしれない。

何はともあれ、ひとまず回復師がいない戦闘で初めて、私達は勝利を収めたのだった。

「イッヌ、お前を害した野犬を倒したぞ！」

『きゅううん！　きゅうううううん！』

イッヌは尻尾をぶんぶん振って、勇者様にすり寄っていく。

回復丸薬をしこたま食べたおかげで、イッヌはとても元気だった。

イッヌの存在は勇者様にとっての癒やしでしかないと思っていたのだが、思わぬ活躍をしてくれた。

勇者様は腐っていても、勇敢なる者《バリアント》の唯一の才能《ユニーク・ギフト》を持つ者。真剣に戦ったらそれなりに強いのだろう。

それから何度かモンスターに遭遇したものの、イッヌが戦おうとしてやられ、怒った勇者様がモンスターを倒す、という流れの繰り返しだった。

今のところ一度も死なずに済んでいるのだが、回復丸薬はすべてイッヌに与えてしまったので、なくなってしまった。

リーフ村で買えばいいだけの話なのだが、いちいち過剰《かじょう》に与えすぎなのだ。

イッヌは多少ダメージを受けるくらい、なんてことないはずなのだが。

過保護な飼い主と化している勇者様は、私の言葉なんて聞く耳など持たないのである。

やっとのことで、リーフ村に到着した。

鬱蒼《うっそう》とした森の中心にあるからか、先ほどよりも薄暗い。

どんよりとした雰囲気の村で、すれ違う村人の顔には覇気《はき》がなかった。

見慣れないであろう私達の訪れも、気にする素振りはない。

回復薬を購入したいので、話しかけてみる。

「あの、この辺に回復薬を売っているお店はありますか？」

「……」

村人はこちらを見ることもなく、通り過ぎていった。

「勇者様、なんだか様子がおかしくないですか？」

「ん、そうか？　知らない人に話しかけられても応じるな、と私は乳母から教わったが」

それは勇者様がお金目当ての悪漢《あっかん》に誘拐されないように教育していたのだろう。村人の様子とは関連があるようには思えない。

「ひとまず、村長に挨拶《あいさつ》に行くか」

「そうですね」

勇者様はギルド長から村長への紹介状を受け取っていたらしい。依頼主も村長だと言う。

「村長の家はどこにあるのか……」

「もっとも立派な建物が村長の家だろう」

藁葺《わらぶ》き屋根の民家が並ぶ中で、立派な煉瓦《れんが》の家があった。

そこが村長の家だろうと思い、扉をコンコンと叩《たた》いてみる。

「おい、魔法使い。扉を二回叩くのは手洗いだけだぞ」

「貴族の礼儀なんて把握しておりませんので」

これからも私は扉をコンコン叩くだろう。

そんなことはさておき、反応がなかったのでもう一度叩いてみる。

「村長はいないのか？」

「さあ？」

なんて会話をしていたら、背後より声がかかる。

「も、もしや、ギルドから派遣《はけん》された方々ですかな？」

気配がまったくなかったので、驚いてしまう。

振り返った先にいたのは、白髪頭《しらがあたま》に髭《ひげ》を生やした老人だった。

「もしや、貴殿がリーフ村の村長か？」

「ええ」

ここは村長の家ではなく、リーフ村の風俗について研究している学者の家だという。

「学者先生は昼間に寝て、夜に研究されているので、今は眠っているのでしょう」

「変わっているな」

村長の家は別にあった。他の民家と変わらない、ささやかな佇《たたず》まいである。

そこで、腐死者《ゾンビ》について話を聞くこととなった。

「腐死者《ゾンビ》が現れるようになったのは、三カ月ほど前でしょうか」

夜になると活動を始め、朝になると土に潜っていくという。

冒険者を雇《やと》い、土を掘り返して討伐するように頼んでいたようだが、昼間は見つけられないらしい。

「それで夜に討伐を依頼したのですが、帰らぬ人達となってしまい……」

すでに村人も数十名犠牲《ぎせい》になっているようで、困り果てているという。

昼間に討伐にあたれば恐ろしくない、なんて考えていたものの、夜に倒すしかないようだ。

「どうか、どうか、お助けください!!」

平伏する村長を前に、勇者様は「任せろ」と言ったのだった。

◇◇◇

夜になるまで、私達は村長から丁重《ていちょう》なおもてなしを受けた。

食事は村で採《と》れた新鮮な野菜を使った料理の数々が振る舞われる。

さらに村には非火山性の温泉があり、じっくり温かいお湯に浸《つ》かることができた。

夜まで眠るといいと言われ、ふかふかの布団《ふとん》も用意してくれる。

至《いた》れり尽くせりというやつだった。


夜になり、のろのろと起き上がる。村長は私達に精をつけさせようと、鶏《にわとり》を捌《さば》いてくれたらしい。栄養たっぷりの丸鶏《まるどり》のスープをいただき、腐死者《ゾンビ》との戦闘に備えた。

手には魔石灯を握り、もう片方の手には魔物避けを握る。

「どうかお気をつけくださいね」

「村長様も、腐死者《ゾンビ》がやってきたら、全力で逃げてくださいね」

「魔法使い様、お心遣い、痛み入ります」

村人達には、腐死者《ゾンビ》の攻撃に対抗する術《すべ》はまったくないようだし、逃げるしかないだろう。

「ご安心くださいませ。もしものときは、塩を振りますので」

なんでもこの辺りでは、百年に一度くらいの頻度で腐死者《ゾンビ》が姿を現していたらしい。

もしも遭遇した際は、塩を振りかけたら怯むという言い伝えがあるようだ。

いくらなんでも塩なんかで腐死者《ゾンビ》を怯ませることなどできないだろう。ナメクジじゃあるまいし……。

「村長様、よろしければこちらをお使いください」

「なんでしょうか?」

村長様は小首を傾げながら聞いてくる。

「魔物避け——中身は聖水です」

「おっと!」

手渡した瞬間、村長様は魔物避けを摑み損《そこ》ねたようで、地面に零《こぼ》れてしまった。

「ああ、申し訳ありません!」

「大丈夫ですよ。まだありますから」

「いえいえ!　貴重な聖水をいただくわけにはいきません。どうせ老い先短い身です。残りの聖水はどうか皆さんがお使いになってください」

そこまで言うのならば、お言葉に甘えさせていただく。

先ほど勇者様が魔物避けを三本もイッヌにかけてしまったので、残りは三本しかないのだ。

全身魔物避けでびしょ濡《ぬ》れになり、少しだけほっそりとしたように見えるイッヌを、勇者様は「勇敢なフェンリルそのものだ」と評していた。

イッヌは腐死者《ゾンビ》討伐を、夜の散歩だと勘違《かんちが》いしているようで、嬉《うれ》しそうに跳《と》びはねている。

勇敢なフェンリルにはとても見えなかった。

身なりを整えた勇者様が登場した。

夜の暗い中でも、鎧が金ぴかに輝いている。

敵に見つかりやすいという弱点があるものの、はぐれにくいという利点もあるだろう……。

「どうした？」

「あ、いえ。村長様が魔物避けを零してしまいまして」

「別に、まだ在庫はあるだろうが」

「ええ」

勇者様が魔物避けをあげようとしたものの、村長は丁重に断っていた。

時間がもったいないと思い、早く行こうと勇者様を促《うなが》す。

「では、行ってくる」

「はい、いってらっしゃいませ」

村長の見送りを受けながら、腐死者《ゾンビ》が目撃されたという墓地へ移動した。

ヒューヒューと風が不気味な音を鳴らしながら吹いている。

「勇者様は腐死者《ゾンビ》との戦闘経験はあるのですか？」

「いいや、ないな。魔法学校に通っていた時代に腐死者《ゾンビ》についての授業があったようだが、眠っていてまったく聞いていなかった」

さすが、魔法学校の学年最下層の実力である。

勇者様がきちんと授業を聞いていたら、戦闘が有利になったかもしれないのに。

「それにしても、腐死者《ゾンビ》はどうして墓地に出現するのでしょうか？」

「腐死者《ゾンビ》が潜伏《せんぷく》するのに、墓地の土は掘り返しやすいのかもしれないな」

「あ――……なるほど」

とぼとぼ歩いていたら、突然勇者様が勢いよく転んだ。

「どわ!!」

「勇者様、足元が見えにくいので、気をつけてくださ――」

そう言いかけて、勇者様の足元に何かしがみついている影があることに気づいた。

『きゃん！　きゃん！』

「な、なんだ、こいつは！」

すぐに、その正体に気づく。

「勇者様、腐死者《ゾンビ》です!!」

「クソ！　いきなりか！」

勇者様は金ぴかの剣を引き抜き、足元にしがみついていた腐死者《ゾンビ》を斬りつけた。

すぐ目の前を、勇者様が斬り飛ばした腐死者《ゾンビ》の腕が弧《こ》を描いて飛んでいった。

腐死者《ゾンビ》は不気味な叫びをあげる。

『オオオオオオ！！！！』

魔石灯の灯《あか》りを最大出力にすると、腐死者《ゾンビ》の姿を捉《とら》える。

全身が赤黒く腐敗しており、眼窩《がんか》から目玉が垂《た》れていた。

酷《ひど》い臭《にお》いで、すぐさま嗅覚《きゅうかく》を抑える。

イッヌも腐死者《ゾンビ》に嚙《か》みつこうとしていたが、飛び出して行く寸前で首根っこを摑む。

あのような腐敗したモンスターに歯を立てないでほしい。痛覚がない腐死者《ゾンビ》に物理攻撃をしても無駄だろう。

現に、腕を切り落とされたのに、まったくダメージを受けた様子はなかった。

「勇者様、火魔法で焼くので、少し離れてください」

「待て。ここでお前の魔法を放ったら、私まで巻き込まれる。開けた場所まで移動するぞ」

勇者様は私の魔法の制御《せいぎょ》を信じていないらしい。

まあ、実際に何度か勇者様を巻き込んでいるので、絶対に大丈夫だとは言えないのだが。

逃げようと一歩踏み出した瞬間、足元をぐっと強く引っ張られた。

「なっ――!?」

土の中から新たな腐死者《ゾンビ》が顔を覗かせる。すさまじい速さで地上に這いでて、私のふくらはぎに噛みついてきた。

すさまじい痛みに襲われる。

「ううっ!!」

「魔法使い!!」

勇者様がすぐに駆けつけ、腐死者《ゾンビ》の首を刎ねる。

けれども頭部だけになっても腐死者《ゾンビ》は私に噛みついたまま、離れようとしない。

「な、なんなんだ、こいつは！」

腐死者《ゾンビ》は人と同じように、血を通わせて生きているわけではない。

そのため、急所を攻撃しても絶命しないのだ。

勇者様は腐死者《ゾンビ》の頭を踏みつけ、私から離そうとした。しかしながら――。

「勇者様!!」

いつの間にか腐死者《ゾンビ》の大群に囲まれていた。勇者様は羽交《はが》い締《じ》めにされ、押し倒される。

「うわあああ!!」

勇者様の悲鳴と、びちゃ、びちゃと肉を噛み千切り、血を啜《すす》る音が暗闇の中に響き渡っていく。

私は噛まれたふくらはぎから燃えるように熱を発し、血を吐いて意識を失う。

パーティ全滅の瞬間であった。

敵：腐死者《ゾンビ》
死因：魔法使い→才能《ギフト》〝毒の牙《ポイズン・ファング》〟による毒死。
勇者→腐死者《ゾンビ》に食いつかれたことによる失血死。
概要：毒の牙《ポイズン・ファング》・・・嚙みついただけで敵を戦闘不能にする必殺毒。

◆

メラメラ燃える業火《ごうか》に抱かれる。

皮膚《ひふ》が焦《こ》げ、嫌な臭いが鼻をつく。

早く楽になりたいのに、この世界の理《ことわり》が許さない。

安楽の地はまだ遠い――。

「神よ、迷える者を救い給え!!」

お決まりの台詞《せりふ》であろう言葉で、意識が覚醒する。

見覚えのある聖司祭《プリースト》と目が合う。ギルドがある街の聖司祭《プリースト》であった。

どうやらリーフ村に教会はないらしい。三時間もかけて歩いて行ったのに、腐死者《ゾンビ》との戦いで命を落としてしまったので、スタート地点に戻ってきてしまったというわけだ。

黙っていたら、聖司祭《プリースト》から「大丈夫ですか？」と声がかけられた。

「私は平気です。もうひとり、金ぴか鎧の男は運び込まれましたか？」

「ええ。まだ目覚めていないようですが、きちんと蘇生しておきましたよ」

「ありがとうございます」

勇者様は少し離れた場所に横たわっていた。その近くには、イッヌの健気《けなげ》な姿がある。ひたすら勇者様の顔を舐めていたようで、顔中デロデロの状態だった。

「あのワンちゃん、とても賢いですね。戦闘不能になったおふたりを、口に咥《くわ》えてここまで引っ張ってきたのですよ」

「ああ、そうだったのですね」

私達をここまで連れてきたのは、略奪者《シーフ》だと思っていた。

まさか、イッヌが往復六時間もかかる距離を行き来してくれたなんて。

イッヌのもとに行き、ありがとうとお礼を言う。

私が目覚めたことに気づいたイッヌは、嬉しそうに尻尾を振ってくれた。

「しかし勇者様、なかなか目覚めませんね」

「こちらのお方はお身体《からだ》の損傷《そんしょう》が激しく、その、首はもげかけていたもので、蘇生に時間がかかっているようです」

腐死者《ゾンビ》に体を食べられていたようだ。死因は出血によるものだったようだが、とてつもない苦痛を味わったに違いない。

壮絶な死を遂《と》げれば遂げるほど、死者蘇生《レイズデッド》を施《ほどこ》しても目覚めるのに時間がかかるという。

こういうときは、少し手荒な方法で起こさなければならないのだ。

「勇者様、起きてください！　勇者様！」

長い杖《スタッフ》で鎧をガンガン叩く。そんな私の行動に、聖司祭《プリースト》はギョッとしながら注意を促した。

「あ、あの、そのようにされては、せっかく蘇生した体にダメージがいくかと」

「心配ありません。なんでも異世界人は、壊れかけた〝家電《カデン》〟はこうやって強く叩いて治すそうですよ」

「カ、カデンとはいったいなんなのですか？」

「よくわかりません」

コツは思いっきり叩くことだ、と異世界の文化について書かれた本にあった。

私の行動を見たイッヌも、肉球《にくきゅう》で勇者様の鎧を叩き始めた。ゴンゴンゴン、ペンペンペン、と勇者様を殴打《おうだ》する音が鳴り響く。

しばらく続けていると、勇者様の眉間がピクリと動いた。

「勇者様、朝ですよ！　起きてください！」

『きゅううううん！』

「う、うるさいな」

勇者様は小さく呟き、そっと瞼を開く。

その様子を見た聖司祭は「本当に目覚めた！」と叫んでいた。

イッヌは興奮した様子で、勇者様の顔に飛びつく。

勇者様はしばらく自分の顔面でシャカシャカ動いて喜びを示すのを許していたようだが、や

がて毛を飲み込んだと抗議の声をあげ、イッヌを下ろす。

起き上がった勇者様は周囲をキョロキョロ見回し、小首を傾げた。

「うっ……ここはいったい？」

「勇者様、残念ながら私達は腐死者《ゾンビ》に殺されまして、この街に戻ってきたようです」

「な、なんだと!?」

勇者様は懐《ふところ》にしまっていた財布《さいふ》を取り出し、驚愕《きょうがく》の声をあげた。

「クソ、略奪者《シーフ》め！　私の所持金を三分の一も奪っていった！　がめつい奴！」

ここまで勇者様を連れてきたのは略奪者《シーフ》ではなく、イッヌである。

そのため、財布からお金を引き抜いたがめつい奴は、聖司祭《プリースト》しか思い当たらなかった。

黙って聖司祭《プリースト》のほうを見ると、明後日《あさって》の方向を向いている。略奪者《シーフ》が奪ったことにしたいようだ。

「イッヌ！　お前もよく戻ってきたな。恐ろしかっただろう？」

『きゅん！』

「お前は生きているだけでも偉いぞ！」

『きゅううん！』

イッヌの大活躍を話すつもりだったが、ひとまず止めておく。これ以上イッヌの序列が上がったら、大変なことになりそうだから。

「イッヌよ、腐死者《ゾンビ》に殺されて、怖い思いをさせてしまったな」

「あ、勇者様。イッヌは腐死者《ゾンビ》に殺されていなかったようです」

「なぜだ？」

「おそらく、聖水で全身を濡らしていたので、腐死者《ゾンビ》に対して忌避《きひ》効果があったのでしょう」

「ああ、なるほど。あのときの私の対策が、イッヌを助けていたのだな。では、私達も聖水で全身を濡らした状態で腐死者《ゾンビ》討伐に行ったら、あのように囲まれることもなくなるだろう」

「それはちょっと……」

夜、全身びしょ濡れで外出するなどごめんだ。寒くて凍《こご》え死んでしまうだろう。

あの作戦は体温が高く、水に濡れるのが平気なイッヌだからこそできたのだ。

「ならば、どうすればいいのか――」

ここで聖司祭《プリースト》が口を挟《はさ》む。

「あの、〝聖石〟はいかがですか？」

目の前にそっと差しだされたのは、白い石だった。

これは聖石と呼ばれる、聖水を結晶化させたアイテムらしい。

「聖石は魔物避けと浄化作用がございまして、お話に出ていた腐死者《ゾンビ》への忌避効果もあると思われます」

「でも、お高いんでしょう?」

思わず聞いてしまう。すると、聖司祭《プリースト》は懐からもうひとつの聖石を取りだし、満面の笑みを浮かべながら言った。

「今ならふたつセットで、金貨三十枚の寄付金でお譲りしております」

「安くなーい!」

思わず、正直な気持ちを口にしてしまった。

勇者様は「買った!」と言ったものの、聖司祭《プリースト》から「販売はしておりません! 寄付です!」と聖なるツッコミを受けていた。

金貨三十枚の寄付と引き換えに聖石を手にした私達は、再出発する前にギルドに立ち寄る。

ギルド長は腐死者《ゾンビ》を討伐して戻ってきたと思ったようで、ぬか喜びさせてしまった。

勇者様は潔《いさぎよ》く、腐死者《ゾンビ》に殺されて戻ってきたのだと打ち明ける。

「それはそれは、大変でしたね……」

「これから再度向かい、腐死者《ゾンビ》討伐を行う」

リーフ村へ行った冒険者は、これまでひとりも戻ってきていないという。

命があるだけでも、儲《もう》けものなのだろう。

ちなみに、蘇生に費《つい》やした時間を含めて、前回出発してから丸二日経《た》っていたらしい。思っていたよりも長い間、意識を失っていたようだ。

「本当に、生きて帰ってきただけでも奇跡のようだと思います」

「そうだな。おそらく冒険者達は腐死者《ゾンビ》に襲われ、そのまま帰らぬ者となっているのだろう」

「ええ……」

依頼を買って出た冒険者だけでも、二十名以上に及ぶらしい。被害者は村人を入れたら、相当多いのだろう。

冒険者全員がもれなく腐死者《ゾンビ》の餌食《えじき》になっているなんて、恐ろしい話だ。

「こんな被害を出していたら、普通は騎士隊が動くのではありませんか」

そう指摘すると、ギルド長は苦虫を噛みつぶしたような表情を浮かべる。

「一度、村長が騎士隊に相談したようですが――」

騎士隊の回答は信じがたいものだった。

「物理攻撃を得意とする騎士は過去に、物理攻撃に強い耐性がある腐死者《ゾンビ》と戦い、大きな損害を被《こうむ》った記録があるようで」

もしも騎士隊が動くのであれば、腐死者《ゾンビ》を討伐するのではなく、村ごと灼《や》き尽くすことになるようだ。

「うちに勤める受付がリーフ村の出身でして、それはどうしても許せないと言いまして……」

他にも、ギルドにはリーフ村で生まれ育った者が多く、ギルド長はどうにかできないかと考え、村長からの依頼を引き受けたようだ。

「勇者様、どうか頼みます。リーフ村を救ってください！」

ギルド長は深々と頭を下げ、勇者様は神妙《しんみよう》な面持《おもも》ちで頷いていた。

あとはアイテムを買い足して、再出発だ。なんて考えていたら、背後から私達を追う者が現れた。

「あ、あの！　勇者様ご一行ですよね⁉」

二十代前後の年若い女性が、顔を真っ赤にして駆け寄ってきた。

「そうだが？」

「よ、よかった！　あの、私はギルドに勤める受付係でして」

「ああ、ギルド長が話していた、リーフ村出身の？」

「はい！」

なんでも彼女は村長の孫らしく、腐死者《ゾンビ》の騒動《そうどう》が起きてから一度も実家に戻れていないらしい。大変気の毒な話である。

「家族に会いたかったのですが、お祖父《じい》ちゃんが騒動が収まるまで帰ってくるな、って言いまして」

人がよさそうな村長が言いそうなことだ。村長とは昨日会ったが元気だったと伝えておく。

「よかったです。お祖父ちゃん、少し偏屈《へんくつ》で、勇者様に失礼がなかったか、心配だったんです」

偏屈な印象はなかったが、家族にしか見えない意外な一面があるのだろう。

「それで、その、お願いがありまして、こちらをお祖父ちゃんに渡していただけますか？」

受付嬢は少し照《て》れた様子で、毛糸で編《あ》んだセーターを差しだす。

編み目はバラバラで、ところどころ毛糸が解《ほつ》れていた。おそらく編み物はあまり得意ではないが、祖父を思って一生懸命作ったのだろう。

「わかりました。村長に渡しておきます」

「あ、ありがとうございます！」

セーターを鞄に詰めたら、パンパンになってしまった。これからアイテムを買い足そうと思っていたのだが……。

まあ、いい。おそらく買い足さなくても大丈夫だろう。たぶん。

二回目の訪問はギルドが用意してくれた馬車で行く。歩いて三時間だったが、馬車だと一時間半ほどで到着した。

村は先日訪れたときよりも閑散《かんさん》としていた。腐死者《ゾンビ》騒動があったので、皆、警戒《けいかい》しているのだろう。

村長の家に行くと、私達を見るなり驚いた表情を浮かべていた。

「ご、ご無事でしたか‼」

「おかげさまでな」

夜、腐死者《ゾンビ》討伐に出かけてから戻らなかったので、帰らぬ人になってしまったのだろう、と思い込んでいたらしい。

「一応、墓場に行って、おふたりの遺体がないか捜し回ったんです！」

きっとイッヌが教会へ運んだあとに捜しに行ったに違いない。

なんとか無事だったと告げると、村長は安堵《あんど》の息を吐いていた。

「ああ、そうだ。村長よ、孫娘から贈り物を預かっているぞ」

「孫娘、ですか？」

「ああ、そうだ。魔法使い、渡してやれ」

「はいはい」

鞄からセーターを取り出し、そのまま村長へ手渡す。

「夜は冷えますので、これを着て暖まってください、と孫娘さんはおっしゃっていました」

「ああ、なんて優しい子なんでしょう」

村長は嬉しそうに言いつつ、セーターを広げて体に当てる。

すると、一回りほど小さいことに気づく。

「寸法が合っていないな」

「もしかしたら完成したあと、洗ったのかもしれませんね」

毛糸は水を含むと繊維《せんい》が膨《ふく》れ上がる。その状態でごしごし洗ったら繊維が絡まり、全体が縮《ちぢ》んでしまうのだ。

「はは……困った孫娘ですね」

村長は苦笑しつつも、大切にすると言って大事そうにセーターを抱きしめていた。

「では、夜に備えてゆっくりお休みになってください」

「ああ、そうだな」

本日も村のごちそうをいただき、温泉にゆっくり浸かって、夜までぐっすり眠った。

夜になると、憂鬱な気持ちで外に出る。

勇者様は聖石を腰からぶら下げ、しっかり対策していた。イッヌの首輪にも、聖石の欠片《かけら》がぶら下がっている。勇者様が自分の聖石の一部を分け与えたのだろう。

私も手に聖石を握り、墓地へと向かう。

「魔法使い、ゆくぞ！」

「ええ」

今日は酷《ひど》く冷えるので、村長には家で待っておくように言っておいた。

重たい足取りで墓地に向かう。

さっそく、腐死者《ゾンビ》が土の中から這い出てきた。

「おい、魔法使い！　あの腐死者《ゾンビ》はお前を噛んだ、才能《ギフト》持ちだぞ！」

「よく顔を覚えていますね」

「ひとりひとり違うだろうが！」

「見分けがまったくつきません」

腐死者《ゾンビ》の顔を見分けるという、勇者様のまさかの能力に驚いてしまう。

なんて、話している場合ではなかった。もうあのように噛みつかれて死ぬなんてまっぴらである。

勇者様に下がるように言ってから、火魔法を展開させる。

「――噴きでよ、大噴火《イラプシヨン》！」

地面が割れ、そこから火に包まれた岩漿《マグマ》が噴きだしてきた。

岩漿《マグマ》は腐死者《ゾンビ》の頭部や腕を吹き飛ばすだけでなく、燃やしていく。

全身、火を纏った腐死者《ゾンビ》はしばしジタバタ暴れていたが、勇者様が足を斬り落とすと動けなくなる。

その辺にある草木に火が燃え移っていたものの、イッヌがおしっこをかけて消火してくれた。

あっという間に腐死者《ゾンビ》の体は燃えてなくなる。

「倒した――ようだな」

「ええ」

ホッと胸をなで下ろす間もなく、腐死者《ゾンビ》が土から続々と這いでてきた。

腐死者《ゾンビ》を魔法で燃やし、勇者様が金ぴか剣で解体して動けなくさせてから完全に燃やす、という戦法で倒していく。

燃え広がりそうな火は、イッヌがおしっこで消してくれた。

イッヌの優秀過ぎる消火活動に対していろいろ引っかかったものの、今は気にしている場合ではなかった。

「クソ！　倒しても倒しても、新しい腐死者《ゾンビ》が這いでてくるぞ！」

「なぜ、ここまで大量発生しているのでしょうか？」

新たに一体、土の中から腐死者《ゾンビ》が這いでてきた。魔法を展開させようとした瞬間、勇者様が待ったをかける。

「おい、魔法使い。見てみろ。あの腐死者《ゾンビ》は先日リーフ村で見かけた村人そっくりだ！」

「そうですか？」

「ああ。ホクロの位置まで一致している！」

一瞬すれ違っただけなのに、よく特徴を覚えていたものだ。

それにしても、村人そっくりな腐死者《ゾンビ》がいるなんておかしい。腐死者《ゾンビ》は人の死体に似たモンスターというだけなのだが。

「それにしても、どうして村人と腐死者《ゾンビ》がそっくりなのでしょうか……？」

「思い出したぞ‼」

「な、何をですか？」

魔法学校の授業で耳にした、腐死者《ゾンビ》についての情報がふいに甦《よみがえ》ってきたという。

授業中は眠っていたと言っていたような気がしたが、睡眠学習でもしていたのだろう。

「腐死者《ゾンビ》はもともと、〝人〟なのだ！」

「なんですって⁉」

腐死者《ゾンビ》はずっと、人型モンスターだと思っていた。

まさか、人から生まれたものだったなんて……。

「ということは、さっきの村人はあのあと、死んでしまって腐死者《ゾンビ》になった、というわけですか？」

「そうとしか思えない！」

ならば、これまで倒してきた腐死者《ゾンビ》は死した村人と冒険者なのだろう。

「人がどうやって、腐死者《ゾンビ》になるというのですか？」

「知らん‼」

授業で教師が説明していたようだが、眠っていたのでまったく覚えていないという。

「そ、そういえば、リーフ村に学者先生がいると村長様が言っていましたが、もしかしたら腐死者《ゾンビ》について何か知っているかもしれません」

「そうだな。ともかく、まずは腐死者《ゾンビ》を倒してしまおうか」

「はい」

腐死者《ゾンビ》は雑草のように無限に這いでてくるわけではなく、一時間ほど続けて倒したところ、墓地は平和を取り戻した。

「勇者様、村長様に報告に行ってから、学者先生の家に行きます？」

「いや、村長もさすがに眠っているだろう。報告は明日でもいい」

学者先生は夜型人間だと村長が言っていたので、そのままその家に向かう。

勇者様は緊急事態だと言って、ノックもせずに学者先生の家に入っていく。村長に見せた気《き》遣《づか》いを、学者先生にも示してほしかったのだが。

「あの、勇者様、ちょっと！」

「魔法使い、イッヌ、あとに続け！」

学者先生の家は二階建てで、一歩足を踏み入れた瞬間、鼻が曲がるような悪臭が漂う。

勇者様はすぐさま鼻をハンカチで覆《おお》い、イッヌは涙目で『きゃうん！』と悲鳴のような鳴き声をあげていた。

「な、なんだこれは！　何か実験でもしているのか？」

この酸《す》っぱいような、吐き気をもよおすような臭いには覚えがあった。

「勇者様、これは死体が腐った臭いです」

「なんだと!?」

家の中に魔石灯はなく、近くにあった角灯《かくとう》を見るに、古きよき蠟燭《ろうそく》の灯りで暮らしているようだ。

手元にある魔石灯を頼りに、部屋を探った。

臭いの出所は二階だった。慎重な足取りで上がっていく。

階段の先には寝室があり、そこにひとりの男性が横たわっていた。

魔石灯で照らした瞬間、ギョッとしてしまう。

「こ、これは――!?」

「死んでいるな」

学者先生は白目を剝《む》いた状態で、寝台の上で息絶えていた。

腐敗具合からして、死んでからかなりの日数が経っているだろう。

「いったい何があったのでしょうか？」

「待て、この特徴は……」

勇者様が言いかけた瞬間、ぞわっと鳥肌《とりはだ》が立つ。

『きゅん!!』

イッヌが私達の背後に向かって警戒するように鳴く。

振り返った瞬間、何者かに首を掴まれた。

「うぐ!!」

全身を黒衣《こくい》に包んだ謎の存在が、私の首を絞《し》めていた。

手にしていた魔石灯で頭部を殴りつけたものの、怯む様子はなかった。

魔石灯は手から離れ、床の上を転がっていく。

灯りのその先に、勇者様が倒れていた。どうやら私よりも先にやられていたらしい。

首を掴んだ手が黒い炎を発し、息ができなくなる。

私は手にしていた聖石を男の口に勢いよく突っ込み――そのまま意識を失う。

あっけないほど簡単に、パーティは全滅してしまった。


またしても、私は教会で目覚めた。今回は勇者様が先に意識を回復していたようだが、何やら考え込むような様子を見せていた。

「勇者様……」

「ああ、魔法使い、目覚めたか」

「ええ」

今回もイッヌが私達を教会まで連れてきてくれたらしい。

魔物避けを振りかけていたものの、よくここまで逃げてこられたものだ。さすがフェンリルとしか言いようがない。

優秀なイッヌは勇者様にぴったりくっつき、甘えた様子を見せていた。

いつになく神妙な勇者様に、疑問を投げかける。

「勇者様、私達は何に襲われて死んでしまったのでしょうか？」

「わからない。ただ、あれが腐死者《ゾンビ》でないことはたしかだ」

あれがモンスターなのか、それとも人だったかも判別できなかった。

「それよりも、気になることがある」

「なんですか？」

「学者の家にあった遺体と、ギルドの受付係の面差《おもざ》しがよく似ていたのだ」

そういえば、学者先生の顔を見た途端《とたん》、勇者様は何か言おうとしていた。それを言う前に襲われてしまったのだが。腐敗が進んでいる遺体だったが、よく気づいたなと思う。

「あの遺体の者と、ギルドの受付係は血縁関係にあるのは間違いない。さらに、遺体の年齢から推測《すいそく》するに、親子ではなく、祖父と孫の関係だろう。すなわち……」

「遺体は学者先生ではなく、村長様だったのですか？」

勇者様はこくりと頷く。

「では、これまで私達に対応していた村長は――」

「おそらくだが、偽者《にせもの》だったのだろうな」

それに気づいた瞬間、孫娘が作ったセーターが小さかった理由がわかった。

私達が接していた村長は別人なので、寸法が合わなくて当然なのである。

また、孫娘の話をしたときも、少し不思議そうに聞き返していた。

振り返ってみると、不審《ふしん》な部分は多々あった。

それだけでなく、勇者様は初めて会ったときから村長に対して思うところがあったらしい。

「初対面のときから、丁寧《ていねい》過ぎる言葉遣いに違和感を覚えていたのだ」

発音がきれいで、この辺の人達の喋り方とは思えなかったという。

「では、私達を殺したのは――」

「おそらく村に移り住んでいたという、学者だろう」

聞いた瞬間、ゾッとしてしまう。よそ者が村長に成り代わっていたというわけだ。

敵：？？？
死因：才能《ギフト》〝呪いの手《カース・ハンドテラー》〟による呪《のろ》われ死。
概要：〝呪いの手《カース・ハンドテラー》〟・・・高い確率で触れた相手を死に誘う、高位の呪い。

◆

学者先生が村長を騙《かた》り、人を殺《あや》めるなんてただごとではないだろう。

もしかしたら、腐死者《ゾンビ》が出現するようになった事件について関《かか》わっている可能性もある。

村人達の姿が少ないのも気になった。もしかしたら学者先生から、殺された村長のようになりたくなかったら大人しくしているように、と脅《おど》されているのかもしれない。

「勇者様、どうしましょう？　これは私達でどうにかできる問題ではない気がします」

「ふむ、そうだな……」

騎士隊に相談したほうがいいのではないか。そう助言した瞬間、勇者様の目つきが鋭くなる。

「問答無用で村を焼くような騎士隊に、この事件は任せられない！　魔法使い、もう一度リーフ村へ向かうぞ」

「えええええええ～～～～～!!」

これだけ痛い目に遭《あ》い、何度も死んでいるというのに、勇者様の心は折れていないらしい。

さすが、勇敢なる者《バリアント》の唯一の才能《ユニーク・ギフト》を持つ猛者《もさ》だ。

「あの、正体不明の敵がいる中に行くのは怖くないのですか？」

「まったく。次は背後を取らせないし、負ける気がしない」

こういう状態の勇者様には、何を言っても無駄だろう。行くしかないわけだ。

再度、ギルド長に報告に行く。

「腐死者《ゾンビ》の討伐に成功した。三十体ほど倒しただろうか」

「おお……！　さすが、勇者様です」

「しかしながら、新たな問題が浮上した」

この場に村長の孫娘はいなかったため、勇者様はすべてを打ち明ける。

ギルド長は真剣な表情で勇者様の話に耳を傾け、ときおり目を伏せ、無念の吐息《といき》を吐いていた。

「もう一度リーフ村へ行き、学者について調査してくる」

「どうかお気をつけください」

「わかっている」

再度馬車を出してもらい、リーフ村を目指す。

「あ！」

「どうした？」

「聖石を謎の敵の口に詰め込んだままだったのを忘れていました」

「なぜそんなことをしたのだ」

「いえ、武器がなくて」

腐死者《ゾンビ》はすべて討伐したはずなので、聖石がなくとも大丈夫だろう。

心配なのは、正体不明の敵のほうである。

できるならば、二度と遭遇したくないのに。

ガタゴトと馬車に揺られる自分自身を、断頭台に送られる罪人のようだと思ってしまった。

もう死にたくないのだが……。

三回目のリーフ村――見慣れた閑散とした景色を前に目を眇《すが》める。

「えーっと、勇者様、これから村長様のところへ行きますか？」

「行くしかないだろう」

勇者様は迷いのない足取りで村をズンズン進んで行く。イッヌは尻尾を振りながら、あとに続いていた。

イッヌも腐死者《ゾンビ》や謎の敵に遭遇し怖い思いをしただろうに、村に対してまったく恐怖など感じていないようだ。私なんか、先ほどから鳥肌が立っているというのに。

勇者様とイッヌの鋼《はがね》の精神が羨《うらや》ましくなってしまった。

村長は私達を変わらぬ態度で出迎える。

異変と言えば、口元を布で覆っている点か。いったいどうしたのだろうか？

「ああ、勇者様に魔法使い様。いらっしゃらないので、心配しておりました」

「また死んでしまってな」

「なんとお労《いたわ》しい」

言われてみれば、村長の言葉遣いは勇者様や回復師と同じように明瞭《めいりょう》で、きれいな発音だった。この辺りの地方特有の、発音の訛《なま》りなどいっさいない。

物言いからリーフ村の者でないと気づくなんて、勇者様の洞察力《どうさつりょく》はなかなかなものなのだろう。

「後遺症など残りませんでしたか？」

「いいや、まったく」

「よかったです」

ここで勇者様が、村長が口元を布で覆っている理由について疑問を投げかける。

「ああ、これですか？　実はあつあつのスープを口に含んで、火傷《やけど》をしてしまいまして」

「そうか。大変だったな」

「いえいえ！　腐死者《ゾンビ》に襲われて死んでしまった勇者様に比べたら、なんてことありません」

世間話《せけんばなし》をしているように見えて、何か探っているのだろう。

この先、勇者様はどう出るのか。言動に耳目《じもく》を集中させる。

「村長よ、実は学者の家で、彼の遺体を発見してしまった。埋葬してあげたいのだが」

「ああ……！　最近姿を現さないと思っていたら、そのようなことになっていたのですね！」

村長に成り代わっている者の発言だとわかっているので、白々しさを感じてしまった。

勇者様も同じように思っているのだろう。疑いの目を向けているように見えた。

村長と共に学者先生の家に行き、遺体を確認する。

寝台に横たわった遺体を前にした村長は顔を背《そむ》けた。

「ああ、なんとも気の毒な……」

「村長よ、私の出身地では、遺体に聖水をかけて、悪《あ》しき存在が近寄らないようにするんだ」

「なるほど。そういう風習があるのですね」

「ああ」

勇者様はそう言って、村長様の頭から聖水をぶっかけた。

「ぎゃああああああ！！！」

聖水をかけられた村長様は、ジュウウウと音を立てながら白い煙を漂わせる。

驚いたことに、聖水が村長様の皮膚を焼いたようだ。

「こ、これは、なんなのですか⁉」

「魔法使い！　こいつはおそらく〝不死者《リッチ》〟だ‼」

不死者《リッチ》――それは知性ある死者だという。モンスター化してしまった腐死者《ゾンビ》とは異なり、不死者《リッチ》は自らそうなることを選んだ者なのだとか。

ふいに口を覆っていた布が落ちる。火傷を負ったように口が爛《ただ》れていた。

「あれは⁉」

「魔法使いが聖石を口に突っ込んだと言っていただろうが。それで口にダメージを受けたに違いない」

まさかあのようにケガを負わせていたなんて。初めてリーフ村にやってきたとき、村長様が魔物避けを受け取らなかったのは、自分にとって害がある物だったからなのだ。

村長様改め、不死者《リッチ》は頭を抱えて苦しんでいたようだが、顔面の肉を剝いで捨てた。

全身が黒い靄《もや》に包まれ、その姿は私達を襲撃《しゅうげき》した謎の敵と一致する。

「やはり、お前が諸悪の根源だったか!!」

『ダマレ……!』

不死者《リッチ》は黒い靄を纏った手を勇者様に伸ばす。

「同じ手に乗るか!」

そう言って剣で斬り落としたが、不死者《リッチ》はすぐに新しい腕を生やしていた。

さらに、部屋の狭さを利用し、勇者様の攻撃を回避し続ける。

腐死者《ゾンビ》とは異なり、不死者《リッチ》は知能があるぶん厄介《やっかい》なのだろう。

魔法で足止めしよう。そう思った瞬間、不死者《リッチ》は魔法を展開させた。

『——我ニ従エ、腐死者《ゾンビ》ヨ』

寝台に横たわっていた遺体がむくりと起き上がり、私達へ襲いかかってくる。

「クソ!!」

勇者様は悪態《あくたい》を吐き、腐死者《ゾンビ》を斬り伏せる。

ここで魔法は展開したくなかったのだが、背に腹はかえられない。多少火傷をするかもしれないが、我慢《がまん》してもらおう。

呪文を唱《とな》え始めたのと同時に、不死者《リッチ》が妙な動きをした。

先ほどまで勇者様から遠ざかっていたのに、いきなり接近したのだ。

勇者様に向かって腕を突き出し——。

「ぐはっ！」

勇者様の腹部にナイフが刺さっていた。

『——目覚メヨ、我ガ僕《しもべ》ヨ』

そう口にすると、勇者様が苦しみ始める。膝を突き、頭を抱えた。

瞬《また》く間に勇者様の皮膚が腐敗し、腐死者《ゾンビ》と化する。

「なっ……!?」

『おおおおおお!!』

腐死者《ゾンビ》と化した勇者様に襲われ、意識がぶつんと途切れた。

安定のパーティ全滅である。

敵：不死者《リッチ》

死因：才能《ギフト》〝腐死への誘い《デス・インヴィテーション》〟による腐死者《ゾンビ》化に伴《ともな》う死。

概要：才能《ギフト》〝腐死への誘い《デス・インヴィテーション》〟・・・腐死《ふし》の素を仕込んだ者に、「呪いナイフ」を刺すことによって発動。

◆

ぶくぶくと水底に沈んでいく。

水面は太陽の光を受けてキラキラ輝いているのに、水底は真っ暗だ。

まるで、闇に呑《の》み込まれるよう。

もう何も考えたくない。存在を無にして、私をなかったものにしてほしい。

なんて考えていたのに、周囲がキラキラと輝き始める。

「――神よ、迷える者を救い給え!!」

ハッと目覚めたものの、私の体は水の中に沈んでいた。

「がぼぼぼぼ!!」

溺《おぼ》れそうになったものの、修道女達《シスター》がやってきて、私を引き上げてくれた。

「げほ！　げほ！　げほ！」

どうやら私は大きな浴槽《よくそう》のような水場に沈められていたらしい。

すぐ近くにいた聖司祭《プリースト》に事情を伺《うかが》う。

「あの、どうして私は水中にいたのですか？」

「魔法使い様は腐死者《ゾンビ》化した状態で亡くなっていたので、全身を浄化するために、聖水に浸けておりました」

「あ――！」

今になって思い出す。私がどうやって死んだのかということを。

まず、先に腐死者《ゾンビ》と化したのは本物の村長様。その次に、勇者様が腐死者《ゾンビ》となった。

勇者様はあろうことか私に襲いかかり、魔法で退《しりぞ》けたはいいものの、その直後、村長様に襲われ、不死者《リッチ》からも腐死者《ゾンビ》化の攻撃を食らってしまう。

そのあと私は――考えた途端に、ズキンと頭が痛んだ。

「私達の遺体はイッヌ……白い犬が運んできてくれたのですか？」

「ええ。腐死者《ゾンビ》を咥《くわ》えてきたものですから、街は大混乱となっていたようです」

「ご迷惑をかけてしまったのですね」

「まあ……」

それにしても、あの危機的な状況の中、イッヌはどうやって敵から逃げてきたのか。改めて気になったので、〝千里眼《クレアボヤンス》〟の力を使って詳しく調べてみる。

すると、イッヌが持つ〝愛嬌者《フル・ラブリー》〟の才能《ギフト》には、対象となる相手を瞬時にメロメロにさせ、攻撃させない効果があるようだ。

さすが、愛嬌だけで五十五年も生きてきただけのことはある。

「ご無事で何よりです」

「はあ、おかげさまで」

ちなみにここは女性専用の聖水の間《ま》らしい。勇者様は男性専用の聖水の間で身を清めているようだ。

腐死者《ゾンビ》を咥えてきたイッヌも、三日間聖水浸けにされていたという。

今は勇者様の傍《そば》を離れず、目が覚めるのを見守っているようだ。

「運ばれてから、三日も経っていたのですね」

通常の死者蘇生《レイズデッド》を施した場合、早くて数時間から一日の間に目覚める。

三日も復活にかかったなんて、と思っていたら、聖司祭《プリースト》の口から驚きの事実が告げられた。

「いいえ、三日間聖水に浸かっていたのはあちらの犬だけで、あなた様が運び込まれてから蘇生にかかった時間は、一週間ほどです」

「そ、そうだったのですか⁉」

今回、完全に腐死者《ゾンビ》化していたので、蘇生に時間がかかったらしい。

「あと数時間遅れていたら、死者蘇生《レイズデッド》は不可能だったでしょう」

腐死者《ゾンビ》化は通常の死亡状態とは大きく異なるらしい。死んでからすぐに死者蘇生《レイズデッド》を施さないと、元の姿に戻れないのだという。

普通の遺体とは状態が大きく異なっていただろうに、運んできてくれたイッヌには感謝しかない。

「勇者様が目覚めたら、すぐにリーフ村に行って不死者《リッチ》を倒さないと――」

「いえ、それに関しては必要ないかと」

「必要ない？　それってどういう意味ですか？　もっと詳しい話を聞かせていただきたいのですが」

そんな要望を口にすると、聖司祭《プリースト》は少し気まずげな表情を浮かべつつ、話してくれた。

「いえ、その、すでに勇者様が、不死者《リッチ》を退治されたんです」

「え？」

勇者様は現在、聖水浸けになっていると聞いた。その状態でどうやって不死者《リッチ》退治に行っていたというのか。

「もう少し詳しく――」

言いかけた瞬間、ワッと大きな声援が聞こえた。

「こ、これは？」

「リーフ村から戻った勇者様の、凱旋《がいせん》パレードが行われているのでしょう」

頭が混乱状態で、いくら説明を聞いても理解できる気がしなかった。

直接目で見て確認したほうが早いだろう。

全身びしょ濡れ状態だったが、なりふり構わずに外に向かって駆けて行く。

教会を抜け、大通りに出ると人でごった返していた。

そこに馬車がやってきて、中から手を振る銀色の鎧に身を包んだ美丈夫《びじょうふ》の姿が見えた。

「……え⁉」

その人物は長い髪をハーフアップにまとめていて、爽《さわ》やかな微笑《ほほえ》みを浮かべている。それだけならまだいい。その人物の顔に見覚えがあった。勇者様と、驚くほどそっくりなのだ。

近くにいた青年達が馬車に向かって叫ぶ。

「勇者様バンザイ!!」

「バンザイ!!」

「リーフ村を救ってくれて、ありがとう!!」

馬車はギルドの前に止まり、御者《ぎょしゃ》の手によって扉が開かれる。

皆の声援でその場が沸いた。

勇者と呼ばれている人物が降り立つと、女性陣からの「きゃー!」という黄色い声が上がる。

勇者はすらりと背が高く、美貌の青年といった雰囲気であった。

いったい何者なのか、調べるために千里眼《クレアボヤンス》を使った。すると、驚きの情報が浮かび上がって見える。

唯一の才能《ユニーク・ギフト》：勇敢なる者《バリアント》（※本物）

年齢：十九歳
性別：女
身長：百八十八センチ

あの人物は本物の勇者で、しかも女性みたいだ。

そっくりなのは顔立ちだけでなく、背丈《せたけ》や髪色、佇《たたず》まいまで似ていた。なぜ、あそこまで勇者様と見紛《みまご》うほどの姿をしているのか。

続けて馬車から降りてきたのは、ハイエルフの魔法使いだ。

千里眼《クレアボヤンス》を発動させたままだったので、彼女の情報についても見えてしまった。

才能《ギフト》：賢者《セージ》
年齢：二百歳
性別：女
身長：百六十センチ

勇者様（本物）は強力な仲間を従えているらしい。十八歳なのに十代前半にしか見えないいくらいちんちくりんで、ただの魔法使いである私とは大違いだ。

もうひとり、仲間がいるようだ。

ハイエルフの魔法使いに次いで、馬車から降りてきたのは、黒髪に天頂の青《アザーブルー》の瞳を持つ美しい女性《ひと》、かつての仲間であった回復師であった。

まさか彼女が、勇者様（本物）のパーティの一員になっていたなんて。

彼女に合わせる顔なんてない。すぐに回れ右をして、教会に戻る。

修道女《シスター》が私を見るなり、駆け寄ってきた。

「あの、勇者様がお目覚めになりました」

「ああ、勇者様（補欠）が、ついに……」

本物の勇者様を前にしたあとだったので、ついつい含みを持たせるような呼び方をしてしまった。

◇◇◇

目覚めたばかりの勇者様は全身びしょ濡れのまま、呆然《ぼうぜん》としているようだった。

私がやってきたのに気づくと、我に返ったようである。

「魔法使い、お前、無事だったんだな」

「ええ。イッヌがここまで運んできてくれたおかげで、なんとか」

勇者様の傍にはイッヌがいて、尻尾をぶんぶん振って彼が目覚めた喜びを全身で表していた。

私にも駆け寄ってきて、よかったとばかりに『きゅうん！』と鳴く。

かわいい奴め、と頭を撫《な》でてあげた。

顔を舐められそうになったものの、舌先《したさき》が届く前に高速で回避する。犬の口は雑菌だらけなので、舐めさせるわけにはいかなかった。

「魔法使いよ、どうやら私達は腐死者《ゾンビ》と化していたようだな」

「ええ。不死者《リッチ》の才能《ギフト》だったようです」

「ああ、そういえば、呪文が刻まれたナイフのようなもので刺されたな」

「それだけでなく、村長様の家で食べたものや温泉に、腐死者《ゾンビ》化を促す物が入っていたそうですよ」

そうとは知らずに、私達は出された食事を疑いもせずにパクパク食べ、温泉にじっくり浸かっていたのだ。

勇者様は胸を押さえ、不快感を露《あら》わにする。

「体内に残っていた腐死者《ゾンビ》化の物質は、聖水に浸かることによってすべて浄化されたようです。安心してください」

「そうだったとしても、気持ちが悪い」

蘇生されてきれいな体になっているので、二度と腐死者《ゾンビ》化することなどないだろう。

「それにしても、リーフ村の学者が不死者《リッチ》だったなんて」

「考えるだけで恐ろしい話です」

村人や冒険者達は不死者《リッチ》の配下にするために、腐死者《ゾンビ》化されていたのだろう。

人が腐敗した見た目の腐死者《ゾンビ》と異なり、不死者《リッチ》の見た目は普通の人と変わらない。すっかり騙《だま》されてしまったわけだ。

「一刻も早くリーフ村へ行って、不死者《リッチ》を討伐せねばならないな」

「いえ、それについてですが、すでに別のパーティが不死者《リッチ》を討伐したそうです」

「なんだと⁉」

おそらくだが、腐死者《ゾンビ》の状態で運び込まれた私達のせいで、事件がギルドに出入りする冒険者以外にも知れ渡ってしまったのだろう。

「敵が不死者《リッチ》だと知らずに討伐を成功させるとは、よほどの実力者なのだな」

「え、ええ、まあ」

絶対に言えない……。不死者《リッチ》を倒したのは本物の勇者様だなんて。

パーティには賢者《セージ》と回復師もいたので、私達のように何度も死ぬことなどなかったのだろう。

「ひとまず、ギルドに報告に行くか」

「待ってください！　勇者様はもう少し休んでからのほうがいいかと！　顔色も悪いですし！」

今、ギルドには勇者様（本物）がいる。

まだふたりを会わせないほうがいいだろう。そう思って必死に止めておく。

「ふむ。たしかにまだ少し体がだるい気がする」

「修道女《シスター》から教会内で休んでおくように言われているので、ギルドは明日行きましょう」

「そうだな」

勇者様を引き留めることに成功した。

今日はもう、これ以上何も考えられない。ひとまずゆっくり休もう。


翌日——元気を取り戻した勇者様と共にギルドへ向かった。

昨日、本物の勇者様が来たからか、皆の探るような視線が集まっていた。

それも無理はないだろう。勇者様は世界にひとりしかいないのだから。

今、ここにいる勇者様は、勇者を騙った誰か、と見られているに違いない。

受付に行くと、リーフ村出身の彼女の姿はどこにもなかった。

おそらく、やっと実家に帰れたのだろう。

ギルド長への面会を希望すると、すぐに奥の部屋へ通してもらえた。

すぐにギルド長はやってきて、会釈《えしゃく》してくれる。

「ああ、ゆ……様、いらっしゃいませ」

こんなもごもごしていて不明瞭な言い方で勇者様と呼ぶのを初めて聞いた。

本物の勇者様を前にしたあとだったので、無理もないだろう。

「ギルド長、遅くなってすまなかった。まあ、なんと言うか、どうやら私達は一週間ほど、腐死者《ゾンビ》と化していたらしい」

「え、ええ。教会からお話は聞いております」

勇者様がリーフ村の不死者《リッチ》討伐について聞くと、ギルド長は気まずげな様子で話し始めた。

「まず、一週間ほど前に街で腐死者《ゾンビ》騒動がございまして」

「それは私と魔法使いが運び込まれたときのことだな」

「ええ」

リーフ村での事件も明るみになったことから、人々は混乱状態に陥《おちい》ったらしい。

「ただ、そのような状況になっても、リーフ村へ行こうと名乗りを上げる者は現れませんでした……」

そんな中で、銀色の鎧に身を包んだ剣士一行が突如として現れ、リーフ村へ調査に行くと宣言したようだ。

「リーフ村を恐怖に陥れたモンスターは、すぐに討伐されたそうです」

その後、騎士隊が村を調査したようだが、生存者はひとりも見つからなかった。

つまり、ギルドに勤めていたリーフ村の出身者達は、家族を失ってしまったのである。

「本当に、痛ましい事件でした」

学者先生の正体は、各地で暗躍《あんやく》する不死者《リッチ》。リーフ村では土葬《どそう》文化が残っていたため、不死者《リッチ》の拠点とするのに相応《ふさわ》しい土地だったらしい。

「皆、不死者《リッチ》の手によって、腐死者《ゾンビ》にされていたそうです」

目覚めずに地中に埋まったままでいた腐死者《ゾンビ》もいたようだが、賢者《セージ》が聖なる炎で灼き尽くしてくれたようだ。

「まさか、このような状況になっていたとは知らず……」

ギルドに勤めているリーフ村の出身者達は現在里帰りしているようだ。だから、やはり受付に例の彼女の姿がなかったのだ。

「何はともあれ、事件は無事解決しました。皆様にも深く感謝しております」

ギルド長は「報酬《ほうしゅう》です」と言って、革袋に入ったコインを差しだしてきた。

「私達は不死者《リッチ》を倒していないが？」

「しかしながら、何度もリーフ村に向かっていただきましたので」

勇者様は眉間に皺を寄せ、納得できないような表情でいる。

私はギルド長の気持ちだと思い、受け取った。

「それにしても、不死者《リッチ》を倒した一行はよほど優秀な者がいたのだろうな」

あなたが追放した回復師がいました、と心の中で指摘しておく。

「ええ。かなり場数を踏んだご一行だったようです」

「さすがだな」

なんせ、勇者様（本物）のパーティですから。

勇者様（補欠）とちんちくりん魔法使い、犬で構成されたパーティとは、実力の差が天と地ほどもあるのだろう。

そろそろお暇《いとま》しようかと立ち上がった私達に、ギルド長が問いかける。

「あ、あの、あなた方はこれからも、旅を続けるおつもりですか？」

「そうだが、どうしてそのようなことを聞く？」

「い、いえ……」

「変な奴だな」

本物の勇者様の実力を知ってしまったので、疑問に思ってしまったのだろう。

「どうかこれからの道中もお気をつけて」

「ああ、当然そのつもりだ」

そろそろ先に進んだほうがいいだろう。

魔王を討伐する道は、まだまだ長いから。

私達を追い越した勇者様（本物）が先に倒してくれますようにと祈るなか、私達の旅は再開されたのだった。

第二章
新しい仲間（？）

この世界はマナの塊《かたまり》である月から降り注ぐ月光を世界樹が浴び、魔力へ変換させて各地へ供給して成り立つ。

人の命の源《みなもと》も魔力と言われており、月と世界樹と人は切っても切れない関係にあった。

そんな中で、マナを悪用する魔王が現れた。

マナが枯渇《こかつ》すると世界樹は枯れてしまうという。

いにしえの時代から魔王はたびたび表舞台に現れ、勇者に討伐《とうばつ》されてきた。

時は流れ、二百年ぶりに魔王がこの世界に降り立ったのである。

神は世界を守るため勇者となる資格を持つ者、勇敢《バリアント》なる者の唯一の才能《ユニーク・ギフト》を人間の子どもに与えた。

ただ、勇者は万能《ばんのう》ではなく、魔王を討伐する前に倒れる者もいたのだ。

世界は滅びかけたものの、急きょ新たに立てた勇者が倒してくれた。

このような事態を受けた神は、先手を打っておく。

ふたりの子どもに、勇敢なる者《バリアント》の唯一の才能《ユニーク・ギフト》を与えたのだ。

より適性があるほうが、真なる勇者。

真なる勇者が死んだときに代わる予備《スペア》が、補欠勇者なのだ。

私と旅する勇者様は誰がどう見ても、完全無欠の補欠勇者である。

彼は生まれたときに、聖司祭《プリースト》から才能《ギフト》の託宣《オラクル》を受けた際、勇者の適性を示す勇敢なる者《バリアント》の唯一の才能《ユニーク・ギフト》があると教えられたのだ。

親族の誰もが、彼が真なる勇者だと信じて疑わなかった。

さすがの神官も、補欠の文字までは見えなかったに違いない。

補欠勇者について知っているのは、神話時代について研究をした学者のみだろう。

私は偶然、その情報を知っていたに過ぎない。

勇者様の自尊心を折ってはいけないので、今後も勇者様が補欠だと言うつもりはない。もしかしたら勇者様（本物）が志半《こころざしなか》ばで倒れた場合は、勇者様が本物になる可能性だってある。

まあ、勇者様（本物）のパーティには優秀な回復師がいるし、ハイエルフの賢者《セージ》だっている。

勇者様（本物）本人も、不死者《リッチ》に勝てるほどの実力者なのだ。

彼女らのパーティならば、魔王を討伐できるだろう。

しかしながら万が一ということもあるので、世界を救うために、私達は旅を続けなければならないのだ。

◇◇◇

今日も今日とて、モンスターに急襲《きゅうしゅう》される。

現れたのは鋭い牙《きば》を生《は》やした猪《いのしし》系モンスター、フォレスト・ボアだった。

かなり巨大な個体で馬より一回りほど大きい。

フォレスト・ボアは牙を槍《やり》のように突き出し、私達に襲《おそ》いかかってくる。

勇者様が金ぴか剣を引き抜くよりも先に、私は魔法を発動させる。

「——噴《ふ》きでよ、大噴火《イラプシヨン》！」

大地が裂け、そこから高温の岩漿《マグマ》が噴射される。

巨大なフォレスト・ボアの毛皮は燃え上がった。

『グルルルル‼』

全身に火を纏《まと》ったまま突進してきたものの、フォレスト・ボアは勇者様の金ぴか剣による一撃を食らって倒れた。

無事倒せたので、ホッと胸をなで下ろす。

イッヌも勝利を跳《と》び上がって喜んでくれた。

勇者様はすぐに回れ右をし、ツカツカ歩いて接近してくる。

干したエイのような表情を浮かべているので、勝利の喜びを分かち合いに来ているわけではないのだろう。

「おい、魔法使い！　お前はバカのひとつ覚えみたいに、大噴火《イラプシヨン》しか使わないな！　さっきも魔法に巻き込まれそうになって、岩漿《マグマ》を全身に浴びるところだったぞ!!」

「それはそれは、申し訳ありません。一応、気をつけていたのですが。ちなみに私、大噴火《イラプシヨン》以外の魔法は使えません」

「なんだと⁉」

勇者様の額《ひたい》に浮かんだ血管が切れそうなくらいの叫びだった。

「勇者様、私もパーティから追放しますか？」

「それくらいでするか！」

私よりも確実に優秀な回復師はすぐに追い出したのに、私に関しては妙に寛大《かんだい》なところがある。おそらく私は彼にとって、〝気の毒な存在〟なのだろう。

なんせ、もともとは道ばたに捨てられた死体で、自分の名前どころか親の顔も覚えていない。大した知能もなく、ある意味では世間《せけん》知らずだった。

勇者様に捨てられてしまったら、あっという間に道ばたに転がる死体に戻ってしまうと思われているだろう。

「おい、それよりも空腹だ！　食事にするぞ！」

「はいはい」

今日は酷《ひど》く冷える気候だったが、全身が火まみれだったフォレスト・ボアの近くは暖かかった。フォレスト・ボアの亡骸《なきがら》で暖を取りつつ、食事の時間にしよう。

まずは敷物を広げ、腰を下ろす。

その辺で摘《つ》んだ薬草をお皿代わりにして、メインとなる干し肉を置いた。

「さあ、勇者様。食事の準備が終わりました。どうぞ、お腹《なか》いっぱい召し上がってください」

「おい、どこに食べ物があるんだ？」

「こちらにあります、干し肉ですが？」

「は？　これはどこからどう見ても、犬畜生の餌《えさ》だろうが」

「失礼ですね。干し肉は立派《りっぱ》な冒険の保存食ですよ」

お坊ちゃま育ちの勇者様は、干し肉なんて食べたことがないのだろう。

回復師を追放する前は、彼女が食事を担当していた。

ホカホカのシチューに、肉汁《にくじゅう》滴《したた》る串焼き肉、ふかふかのパンケーキ――回復師が作る料理はどれもおいしかった。

彼女を追放したら、食生活が貧相《ひんそう》になるのを勇者様は想像できていなかったようだ。

「勇者様、しっかり食べないと、次の街まで体力が続きませんよ」

「……」

革袋《かわ》の水筒に入れた水も出してあげた。

それを一口飲んだ瞬間、勇者様は叫ぶ。

「なんだこれは!!　獣《けもの》臭い!!」

「水筒の水はそんなもんです」

私なんて泥水《どろみず》を啜《すす》ったこともあるので、水筒の水なんて贅沢品《ぜいたく》だと思ってしまう。

続けて、勇者様は干し肉を食べた。

「これは、犬畜生の餌だ！　間違いないぞ！」

「勇者様、犬畜生の餌を食べたことがあるのですか？」

「いや、ないが、ここまで味がなく、硬《かた》くて臭い食べ物は犬畜生しか食わんだろうが！」

干し肉に対する悪口の羅列《られつ》を聞きつつ、黙っていただく。

食感は樹皮……と言えばいいのか。旨《うま》みなんてないに等しいのに、臭みだけはしっかりある。

一刻も早く飲み込みたいけれど、体が拒絶するような味わいだ。

まずいとまでは言わないものの、決しておいしくはない。しかしながら、冒険に必要な糧《かて》といえるだろう。

「他に食料はないのか？」

「ないですね」

私の返答を耳にした勇者様の眦《まなじり》に、涙がじんわりと浮かんだが、すぐに顔を背《そむ》ける。

ただ、その先で何か発見したのか、嬉《うれ》しそうな顔で振り向いた。

「おい、いい食材があるではないか！」

勇者様が指差したのは、先ほど倒したフォレスト・ボアだった。

フォレスト・ボアは先ほどから、肉が焼けるような香ばしい匂《にお》いを漂わせていたのだ。

私達はそんな匂いをかぎながら、カラッカラの干し肉を食べていたわけである。

「ちょうどお前の魔法で毛皮が焼け、肉がそぎ落としやすくなっているな」

「はあ」

「今日はフォレスト・ボアを昼食にするぞ！」

「しかし勇者様」

「お前の言うことは聞かない！　私はこいつを食べると決めた！」

そう宣言するやいなや、勇者様は腰に差していた金ぴか剣を引き抜く。

「あ――――、勇者様、それを使うのはちょっと」

「うるさい！」

切れ味ばつぐんな金ぴか剣で焼けた皮を削《そ》いでいく。

続いて、フォレスト・ボアの肉を切り分けていった。

「解体、思いのほかお上手ですね」

「ふん。魔法学校時代に、狩猟《しゅりょう》部に所属していたからな！　獣を仕留《しと》めて、解体し、食べるまでが活動だった」

勇者様は脂身《あぶらみ》が多いバラ肉を切り落とし、食べやすい大きさにカットしていた。

大きな肉を金ぴか剣に突き刺し、私に大噴火《イラプシヨン》で火を熾《おこ》すように命じる。

「魔法で肉を焼くのはちょっと」

「いいからやれ！」

命令されたからにはやるしかない。

勇者様を焼かないように気をつけつつ、魔法を展開させた。

「――噴きでよ、大噴火《イラプシヨン》！」

フォレスト・ボアの肉めがけて、岩漿《マグマ》が飛びだしてくる。

「おおおおおお‼」

フォレスト・ボアに近づきすぎてしまったからか、勇者様の前髪を少しだけ焼いてしまったらしい。慌《あわ》てた様子で、彼は水筒の水で消火していた。

一方、金ぴか剣に刺さったフォレスト・ボアの肉は炭と化す。

こうなると思っていたのだ。

勇者様は四つん這《ば》いになり、悲しみの声をあげていた。

「ううう、こんなはずでは‼」

「勇者様、その辺に転がっている岩漿《マグマ》で、フォレスト・ボアの肉を炙《あぶ》ったらいかがですか？」

「それだ‼」

勇者様は素早く起き上がると、新たにフォレスト・ボアの肉を切り分ける。

ほどよい大きさにカットしたものを金ぴか剣に刺し、炙り始めた。

「おお、今度はいい感じだぞ！」

肉が焼けるいい匂いが、ふんわりと漂ってくる。

脂身が多いので、油がジュワジュワ跳《は》ねていた。

「よし！　こんなものか！」

「勇者様、本当にフォレスト・ボアなんか食べるのですか？」

「当たり前だ」

「その、止《や》めたほうがいいのでは？」

「うるさい！」

見た目は豚肉《ぶたにく》にしか見えないが、紛《まご》うかたなきモンスターである。

私の制止なんて聞く耳はないようで、勇者様はフォレスト・ボアの肉にかぶりついた。

「――っ‼」

勇者様はカッと目を見開き、瞳《ひとみ》をキラキラ輝かせる。

「な、なんだ、この肉は！　何も味つけしていないというのに、噛《か》めば噛むほど旨みを感じる！」

どうやらフォレスト・ボアの肉は、これまで美食の限りを尽くしてきたであろう勇者様の舌《した》も認めるほどのおいしさらしい。

それからは無言で平らげ、次の肉を焼き始める。

よほどおいしかったのか、先ほどよりも大きく切ったものを食べるようだ。

焼き上がったフォレスト・ボアの肉は、小さくカットされて私の前に差しだされた。

いったいなんのつもりかと勇者様を見上げたものの、すぐに背中を向ける。

そして、信じがたい一言を私に向けて発した。

「お前の分だ。食べろ」

「勇者様……！」

まさか、私にも分け与えるためにたくさん焼いてくれていたなんて。

俺様で自分勝手、尊大な物言いが玉に瑕《きず》な残念勇者様だと思っていたのだが、他人を慮《おもんぱか》る感情があったとは驚きであった。

勇者様を見直した瞬間である。

「勇者様、ありがとうございます。とても嬉しいです。でも、いりません」

「おい！！！！」

勇者様の額には青筋が浮かび上がり、私を怒鳴りつける。

「お前、しっかり食事を取らないと、この先倒れてしまうからな！　今度は死体になっても、絶対に拾ってやらんぞ！」

「はあ、そのときはそのときです」

「クソが！」

勇者様はプリプリ怒りながら、フォレスト・ボアの肉を頬張《ほおば》る。

すぐに表情は明るくなった。

切り替えの速さは彼のいいところだろう。

それから勇者様は満足いくまでフォレスト・ボアの肉を召し上がった。

しかしながらその数分後――。

「ぐあああああ!!　ああああああ!!　ひいいいいいい!!」

勇者様は苦しげな様子でお腹を押さえ、地面をのたうち回っていた。

顔は真っ赤になり、脂汗《あぶらあせ》をだらだら流している。

「なんなんだ、この痛みは!!」

「フォレスト・ボアに中《あた》ったんですよ。というか、モンスターを食べるのは、古くから禁忌《きんき》ですから」

さらに、モンスターの血をこれでもかと吸い込んだ、不衛生極《きわ》まりない金ぴか剣で調理したのだ。

お腹を壊さないほうがおかしいだろう。

「禁忌など知らん!!　魔法使いよ、どうして止めなかった!!」

「何回も止めましたよ。私の話を聞かなかった勇者様が悪いのです」

「く、くそがあああああ！！！！」

　モンスターの血肉には濃い魔力が溶け込んでおり、食べて取り込んだ魔力を体内で消化できないのだ。

　そのため体が拒絶反応を示し、苦しむことになる。

　それに、モンスターを倒した武器はたとえ煮沸《しゃふつ》消毒したとしても使いたくないものだ。

「ご存じなかったのですね……」

「う、うるさい！！」

　一応、回復丸薬や解毒薬を与えてみたものの、まるで効果はない。

　腹部の痛みだけでは終わらず、全身が裂かれるようだと言って苦しみ始める。最終的に体の穴という穴からありとあらゆる液体を垂《た》れ流し、大量の血を吐いたあと、勇者様はあっけなく死んでしまった。

「ああ、勇者様……こんなところでお亡くなりになるとは」

『きゅううん！』

　イッヌだけは本気で悲しんでいるようだが……。

　なんというか、そら見たことか、の一言である。

この世の深淵《しんえん》まで届くのではないか、というくらいのため息が出る。まだ街までの道のりは長いというのに、勇者様の遺体を運ばなければならないらしい。

「イッヌ、その、勇者様を教会まで連れて行くのを、手伝ってくれますか？」

『きゅん!!』

イッヌが任せろとばかりに、凛々《りり》しい表情で鳴く。なんとも頼りになる犬畜生であった。

敵：フォレスト・ボア
死因：勇者↓食中毒、魔力の過剰《かじよう》摂取による中毒死。

◆

私とイッヌは頭から魔物避《よ》けを被《かぶ》り、びしょ濡《ぬ》れ状態で勇者様のご遺体を運ぶ。

金ぴかの鎧《よろい》を装備した勇者様はとてつもなく重たくて、なんだか腹が立ってきた。

「イッヌはこんなに重い遺体を、何度も街に運んでくれたのですね」

私の言葉に対し、イッヌは気にするなとばかりに、尻尾《しっぽ》をぶんぶん振ってくれた。

三時間ほどかけて勇者様を街まで連れて行く。

ここは第二の都市とも言われている、枢機卿《ガーディナル》が治める〝聖都〟と呼ばれる街だ。

白を基調とした街並みが、他とは異なる神聖な雰囲気《ふんいき》を醸《かも》し出している。

いつもだったら教会はすぐにわかるのに、どこもかしこも白い建物だらけで迷ってしまった。

ようやく発見し、勇者様の遺体をひとまず預ける。

聖司祭《プリースト》は慈愛《じあい》の微笑《ほほえ》みを浮かべながら、片方の手を掲《かか》げ、もう片方の手は差しだしてきた。

イッヌがお手をしようと前足をシャカシャカばたつかせる。小さな犬なので、聖司祭《プリースト》の手に届くはずがなかった。

代わりに、私がハイタッチしておく。

パァン！　と心地よい音が教会内に響き渡った。

聖司祭《プリースト》は一瞬ポカンとしていたものの、すぐにハッと我に返る。

「ち、違います！　寄付《きふ》を寄越《よこ》すようにと言いたいのです！」

「ああ、お金ですか」

「いいえ、寄付です!!」

お金に違いないのに、どうして遠回りな言い方をするのか。まったく理解できなかった。

白目を剝《む》いている勇者様の懐《ふところ》を探りたくなかったので、ダメ元でツケを提案してみる。

「あの、こちらのご遺体はかの有名な公爵の嫡男《ちゃくなん》であり、勇者様なのです。そのお金――ではなくて、寄付金は彼のご実家にたんまり請求していただけないでしょうか？」

「ああ、なるほど！　そういうわけでしたか。では、勇者様のご実家に寄付のお願いをしたいと思います」

　あっさりツケが通用してしまった。

「その、こちらのお方は壮絶《そうぜつ》なご様子で息絶えているようですが、いったいどうやって亡くなられたのですか？」

「フォレスト・ボアのお肉をたんまり召し上がりました」

「ああ、禁忌を犯したのですね」

　禁忌を犯して死んだ場合は、聖水に浸《つ》けて浄化しなければならないらしい。でないと、殺したモンスターから呪《のろ》われてしまうようだ。

「少し日数がかかるかと思います。復活しましたら、伝書鳩《でんしょばと》を送りますので」

「わかりました」

　どうやら時間潰《つぶ》しをしなければならないらしい。

　イッヌは勇者様の遺体の傍《そば》から離れようとしない。私はひとりで教会を出た。

　本日は晴天。空を飛ぶ鳥も聖都だからか白い鳥ばかりだ。

　修道士《モンク》や修道女《シスター》が多く行き来していて、信者らしき白衣を纏う人々もたくさんいた。

　思いのほか、冒険者らしき人々が多いのは、旅の安全を祈願《きがん》しにやってきているのか。

　聖都には祈りを行うための礼拝堂も多々あるという。

　さて、これからどうしようか。

昼食は干し肉一枚しか食べていないので、お腹がぐーぐー鳴っていた。

しかしながら、どこかで一度身を清めてから食堂に行きたい。

フォレスト・ボアを焼いた臭《にお》いが、髪の毛や服に染《し》みついているように思えてならないのだ。

キョロキョロ辺《あた》りを見回していると、大衆浴場を発見した。

看板《かんばん》には〝聖水温泉〟と書かれている。

なんだかスッキリしそうなので、ここに決めた。

教会管轄《かんかつ》の施設のようで、受付には修道女《シスター》がいた。

「おひとり様、半銀貨一枚の寄付になります」

意外と高かったものの、ギルド長から貰《もら》った報酬《ほうしゆう》があったので、それで支払った。

「寄付いただき、ありがとうございます」

いちいち寄付と言わなければならないのも大変そうだ。

「あの、服も洗っていただきたいのですが」

「では、追加で銅貨三枚の寄付をいただきます」

こういう施設には洗濯メイドがいて、服を洗ってもらえるのだ。

魔法で乾かすので、お風呂から上がってきたころには服がきれいになっているわけである。

これで完全に、フォレスト・ボアの臭いとおさらばできよう。

出入り口は男女で分かれていて、女湯のほうはたくさんの人達がいた。

服を脱ぎ、洗濯メイドに預けたあと、浴室へ向かう。

ここでは必ず、体を洗わないと浴槽《よくそう》に浸かってはいけないのだ。

浴室の床や浴槽は木や石でできていて、自然が溢れていた。

壁際には蛇口《じゃぐち》があり、魔石を捻《ひね》るとお湯が出てくる仕組みである。

石鹸《せっけん》や垢擦《あかす》り用のブラシは持参しなければならない。しっかり鞄《かばん》の中に入れていたので、それで体を洗う。

まずは髪を洗い、ブラシで体の汚れを落とす。

長い髪は紐《ひも》で縛《しば》ってから、お湯に浸かった。

聖水温泉はお湯が白濁《はくだく》していて、ミルクのようにとろりとしている。

なんだか甘いいい匂いも漂っていた。

「ふ――――」

ここ最近の疲れが湯に溶けてなくなるような気持ちよさだ。

浴室は清潔だし、泉質も好みだ。高い入浴料を払っただけのことはある。

このあとは食堂に行って、何かおいしいものを食べたい。

宿もいい部屋を取って、ふかふかの布団《ふとん》で眠りたかった。

野望が次々と浮かんでくる中、突然声がかかる。

「あれ、もしかして魔法使いさん⁉」

声がしたほうを見ると、回復師が驚いた表情で私を見ていた。

「あ――」

「どうしたの、こんなところで⁉　まさか、あなたもパーティから追放されたの⁉」

矢継《やつ》ぎ早《ばや》に質問され、たじろいでしまう。

そんな私に助け船を出してくれる者が現れた。

「回復師よ、そのように一気に話しかけてしまったら、彼女も困るだろうが」

優しくたしなめるのは、金色の髪に緑色の優しげな瞳を持つ美丈夫《びじょうふ》――勇者様（本物）だ。

改めて見ても、勇者様にそっくりである。

その身は筋骨隆々《きんこつりゅうりゅう》で、腕や胸元に大きな傷があった。それらはモンスターと戦った名誉の傷なのだろう。

「ちょっと勇者！　そんなちんちくりん女なんて、放っておきなさいよ！」

続いて現れたのは、尖《とが》った耳を持つド迫力美女。

ハイエルフの賢者《セージ》だ。

まさか勇者様ご一行と聖水温泉でバッタリ出会ってしまうなんて。

人生、何が起こるかわからないものである。

お風呂から上がり、清潔な布で体を拭《ふ》いて、洗濯が終わったばかりの服に袖《そで》を通す。

濡れた髪は魔力と引き換えに一瞬で乾かす乾燥器があったので、それを利用させてもらった。

髪を三つ編みにしてふー、と息を吐いていたら、目の前にミルクが入った瓶《びん》が差しだされる。

顔を上げると、勇者様と同じ顔をした美丈夫と目が合った。

「さあ、遠慮なく飲むといい」

「あ、ありがとうございます」

受け取ると爽《さわ》やかな微笑みを返してくれる。皮肉めいた笑みしか浮かべない勇者様とは大違いである。顔はそっくりなのに、表情が違うだけで印象は大きく異なるものなのだ。

お風呂上がりの冷たいミルクは格別で、満たされた気持ちを味わってしまう。

勇者様（本物）は回復師や賢者《セージ》にもミルクを買い与えているようだ。

うちの勇者様との違いに、驚くばかりである。

ミルクを飲んでお別れしたかったのだが、このあと食事に誘われてしまう。

断ってもよかったのだが、私は回復師に対して罪悪感があった。

飲み終わった瓶はどうしようか、と辺りを見回していたら、勇者様（本物）が受け取ってくれる。

「魔法使い殿、さあ、食事に行こうか」

「あ、はい」

勇者様（本物）の腕にぴったり密着する賢者《セージ》にジロリと睨《にら》まれてしまったものの、少しの間の我慢《がまん》だろう。

外に出ると、周囲の人々からの注目が集まる。

それも無理はないだろう。美貌《びぼう》の持ち主達が、パーティを組んでいるのだから。

私の存在は皆に見えていないだろう。それでいい。私の人生なんて、光が当たらない場所がお似合いなのだから。

勇者様（本物）ご一行と共に向かったのは、素朴《そぼく》な大衆食堂だった。

美人揃《ぞろ》いのパーティなので、オシャレなお店で食べるものだと思っていたのだが。

皆、納得してやってきたと思っていたのに、賢者《セージ》がわかりやすく嫌悪感を示す。

「ちょっと、このお店小汚いじゃない！　もっと洗練されていて、個室があるお店がいいわ」

「賢者《セージ》、こういう客がたくさんいて、少し汚い店は必ずと言っていいほど、おいしい料理が出てくるんだよ」

「そんな話、聞いたことがな――！」

勇者様（本物）は賢者《セージ》の唇《くちびる》に人差し指を押し当てる。すると、賢者《セージ》は顔を真っ赤に染めた。

「賢者《セージ》、いい子だから、静かにするんだ」

賢者《セージ》は素直にこくりと頷《うなず》く。

勇者様（本物）は輝く笑みで賢者《セージ》を納得させ、食堂の中へと誘《いざな》った。

なんだかすごいものを見たような気がする。

強情な性格だと思われる賢者《セージ》を、たった一言で従わせるなんて。

回復師のほうをちらりと見ると、少し気まずげな様子でいた。

ただそこまで驚いているように見えないのは、彼女達のこういったやりとりは日常茶飯事《さはんじ》なのだろう。

賢者《セージ》が言っていたとおり、食堂は小汚かった。

壁に貼《は》り付けられたメニューは油でギトギトしており、なんて書いてあるのかまったくわからない。床もベタベタしていた。

幸いにも、テーブルや椅子《いす》はきれいだった。

「えーっと、なんにしましょう」

「こういう店は、一番人気の料理が一番おいしくて、出てくるのも早いんだよ」

「じゃあ、それで」

勇者様（本物）は片手を挙げて店員を呼び寄せ、一番人気のメニューを人数分注文してくれた。五分と待たずに、料理が運ばれてくる。

「お待たせしました。〝豚肉のカツレツ定食〟です！」

「豚……」

フォレスト・ボアを食べて死んでしまった勇者様を思い出してしまう。きちんと蘇生《そせい》されているだろうか。なるべく迅速《じんそく》に、丁寧《ていねい》に、聖都の教会まで運んだのだが。

「魔法使い殿、カツレツは苦手なのか？」

顔を覗《のぞ》き込まれ、ギョッとする。

カツレツを前に心あらずな顔をしているのを見られていたとは。

「いいえ、大好きです。いただきます」

なんとこの食堂は焼きたてパンが食べ放題らしい。焼けるたびに、店員が配って歩いていた。

ちょうど焼けた頃合いだったので、ひとついただく。

丸いパンにクリームバターをたっぷり塗って頬張る。

塩っけのあるバターが熱でじわりと溶け、パンに染み込んでいった。

皮はパリパリで、中はしっとり。とてもおいしいパンである。

勇者様（本物）はおいしい食べ方とやらを伝授してくれた。

「パンをナイフでふたつに割って、バターを塗り、中にソースをかけたカツレツを挟《はさ》んで食べるんだ」

作ったそれを、勇者様（本物）は賢者《セージ》に差しだしていた。

賢者《セージ》は本当においしいのかと疑う様子で受け取り、すぐに頬張る。

「なっ――お、おいしいわ！」

「だろう？」

私も真似《まね》して食べてみたら、とてもおいしかった。

あっという間に、パンを五つも食べてしまう。

小ぶりのパンとはいえ、こんなにたくさん食べたのは初めてだった。

そんな私を、勇者様（本物）は慈愛《じあい》に満ちた顔で見ていた。

「よかった。魔法使い殿は酷く瘦《や》せているから、小食だと思っていたから」

「こう見えて、実はけっこう食いしん坊なほうなんです」

「そうか。たくさん食べて、大きくなってほしい」

勇者様（本物）には私がいったいいくつに見えるのか。

一応、回復師のひとつ年下なのだが。

隣に腰かけ、大人しく食事をしている回復師を横目で見る。

大人びた顔立ちに、凹凸《おうとつ》がある体——とても同世代には見えなかった。

子どものときに、たくさん食べられない環境だったので、私の体は貧相なのだろう。

そういうことにしておく。

なんて考え事をしながら回復師を見ていたら、うっかり目が合ってしまった。

逸《そ》らす前に、話題を振られてしまう。

「魔術師さん、今日はどうしてひとりなの？」

「それは——勇者様が死んだからです。今、教会で蘇生してもらっています」

「なっ⁉」

勇者様と口にした途端《とたん》、勇者様（本物）と賢者《セージ》の表情が鋭くなる。

和気あいあいとしていた雰囲気が、一気に殺伐《さつばつ》としたものに変わっていった。

賢者《セージ》は弾《はじ》かれたように立ち上がり、私を指差しながら大声で叫ぶ。

「そいつは偽者《にせもの》の勇者なのよ‼　勇者を騙《かた》るなんて重罪なんだから‼　今すぐにでも騎士隊に突き出すべきなのよ‼」

「賢者《セージ》、ここではいけない」

勇者様（本物）はテーブルにお代を置くと、店員に声をかけて食堂を出る。賢者《セージ》はジタバタ暴れたからか、途中から勇者様（本物）に横抱きにされ、運ばれていた。

急ぎ足で向かった先は、個室がある喫茶店だった。

賢者《セージ》は私に向かっていろいろ物申そうとしていたが、勇者様（本物）の膝《ひざ》の上に座らされ、優しくなだめられていた。

回復師は顔色を青くさせ、落ち着かない様子を見せている。

温かい紅茶とチョコレートチップクッキーがすぐに運ばれ、たくさん食べるようにと勇者様（本物）は勧《すす》めてくれた。

クッキーをかじり、紅茶を一口飲む。

ホッとひと息つくと、回復師が再度話しかけてきた。

「その、彼はどうして死んでしまったの？」

「あー、えー、その、あえて説明するほどの死因ではないのですが、フォレスト・ボアを食べて、中毒死してしまったんです」

「なっ⁉　モンスターを食べることは禁忌なのに！」

「ええ。私も止めたのですが、聞く耳なんて持たなくて」

しかも死んだのは初めてではない。回復師がいなくなってからというもの、私達は何度も全滅している。

これまでの私と勇者様の残念過ぎる冒険について語って聞かせると、回復師は頭を抱え、ショックを受けているようだった。

「私がいたら、彼の死を止められたかもしれないのに。私のせいで、死なせてしまった！」

普段の物静かな様子は鳴りをひそめ、回復師は自分を責めるような発言を繰り返す。

そんな彼女に対し、勇者様（本物）が初めて口を挟んだ。

「回復師よ、それは違う。モンスターを食べてしまったのは、その男の個人的な不注意や怠慢《たいまん》から生じた失敗だ。回復師はまったく悪くない」

「で、でも、私がいたら食事は用意してあげられたし、モンスターを食べようという思考に至《いた》ることはなかったはず！」

「少し落ち着け。その男が極《きわ》めて大事な存在であることはわかったから」

勇者様（本物）に指摘《してき》された途端、回復師の頬がみるみるうちに赤く染まっていく。

「回復師、お前は例の男のことになると、冷静さを失う。卒業パーティーでの失敗を繰り返すつもりか？」

卒業パーティーでの失敗とはいったい？

回復師は完璧《かんぺき》な女性だ。何かやらかすなんて考えられない。

気になってしまったので、空気を読まずに質問してしまう。

「あの、卒業パーティーでの失敗ってなんですか？」

勇者様（本物）は気まずげな表情を浮かべ、回復師のほうを見る。

回復師は唇をぎゅっと嚙み、黙りこんでしまった。

そんな彼女らに代わり、賢者《セージ》が説明してくれる。

「この子、婚約者がいる偽《にせ》勇者と卒業パーティーに参加したのよ。そのせいで、偽勇者は婚約破棄《はき》されてしまったのよね？」

事実だからか、回復師は否定せずに涙目になっていく。

まさか、勇者様と仲がいい女性というのは回復師のことだったなんて。

「卒業パーティーは婚約者と参加しなければならないことくらい、私もわかっていた。けれども彼が、参加するのが面倒《めんどう》だと言うものだから」

回復師は勇者様を正装に着替えさせ、会場まで引きずっていったという。

「そこまで連れていったら、婚約者のもとに向かうと思っていた」

けれども勇者様は、回復師の傍を離れなかった。

「彼はあろうことか、私といるほうが気楽だ、なんて言いだしてしまって……」

そんなことを言われても、突き放せばいいだけだった。けれども回復師はそれをしなかった。

賢者《セージ》がにんまり笑いつつ、ズバリと指摘する。

「あなた、偽勇者のことが好きだったのよね？」

回復師は耳まで真っ赤になる。

否定しないのは、肯定しているようなものだろう。

まさか、回復師が勇者様のことを愛していたなんて。

一年以上旅してきたというのに、まったく気づいていなかった。

「魔法学校最後の日だからって、私が彼を拒絶しなかったから……」

その言葉を聞いた賢者《セージ》が、意地悪な顔で回復師に言った。

「卒業パーティーでの行動だけが、婚約破棄の原因なわけないじゃない」

「え？」

「相手は貴族のお嬢様なんでしょう？　たった一度、婚約者が他の女性と仲がいい様子を見せたくらいで、婚約破棄なんてするわけがないわ」

「それは、どういうこと？」

「要は積み重ねだったのよ。婚約者のお嬢様は、あなたと偽勇者の仲睦《なかむつ》まじい様子を何度も目にしていて、我慢していたのだろうけれど、卒業パーティーでの様子が止《とど》めの一撃になったに違いないわ」

たしかに、婚約者よりも優先する女性というのは危険な存在だ。

将来、愛人となって子どもでも生まれたら、面倒を見なければならないし、男子であれば爵位の継承問題も絡《から》んでくる。

結婚後悩むよりは、早い段階で見切りをつけたほうが賢《かしこ》い判断といえるのだろう。

「ち、違う。私は彼の幼馴染《おさななじ》みで……姉弟のように仲良くしていただけで、他意はなかった」

「そんなわけないじゃない。あなたは偽勇者を愛しているのよ」

ついに、回復師は泣きだしてしまう。

勇者様（本物）は言ってしまった、とばかりに深く長いため息を吐いていた。

なぜ優秀な回復師が勇者様のパーティにいたのか謎でしかなかったのだが、彼女は勇者様を深く愛していたのだ。

そんな自分の感情に回復師は気づかず、自分のせいで婚約破棄になってしまったという負い目があって旅に同行しているのだと理由づけていたに違いない。

「あなたはきっと、旅する中でも偽勇者を甘やかしていたのね。だから彼は、あなたがいなくなった途端にポンコツ化して死ぬようになった」

賢者《セージ》の言葉は一緒に旅をしていた私も否定できない。

回復師は常《つね》に勇者様の強化と守護、回復に努めていた。勇者様はそうとは知らずに、回復師のサポートありきの戦闘能力を自分の実力だと思い込んでいたのだ。

さらに、旅する中で三食おいしい食事を作ってくれるし、野営するときは魔物避けの結界《けっかい》と天幕を張ってくれた。

至れり尽くせりの中にいたのだ。

賢者《セージ》の言うとおり、私と勇者様は回復師に甘やかされ、快適な冒険をしていた。

「私が、私がすべて悪かったんだ……」

回復師は途方に暮れたように呟《つぶや》く。

私は励《はげ》ましにもならないような言葉をかけてしまった。

「あー、でも、勇者様は死んでも気にしてませんし、自分に実力がないのを嘆《なげ》いたりもしていないので、その、信じがたいほど図太いので、大丈夫ですよ」

とてつもなく前向きに死に、元気いっぱいに旅を続けているので心配しないでほしい。

そう言うと、回復師はこくりと頷いてくれた。

回復師は勇者様から転移の魔法巻物《スクロール》を使って追放されたあと、ベヒーモスと戦闘中だった勇者様（本物）と賢者《セージ》のもとへ降り立ったらしい。

「死にそうになっていた私達を、この子が助けてくれたの」

そのご縁《えん》で、一緒にパーティを組んで旅することになったようだ。

「それでね、あなた」

賢者《セージ》から突然指をさされ、宣言される。

「あなたが勇者だと思っているのは偽者で、彼女こそ真なる勇者なのよ‼」

「あ、知ってます」

思いがけない言葉だったのだろう、賢者《セージ》は目を丸くする。

偽者という言葉は見当違いだが、補欠であることについては彼女らに説明しないほうがいいだろう。

補欠勇者がいるから、と途中で魔王を倒す旅を諦《あきら》めてもらったら困るから。

「本物の勇者じゃないってわかっていながら、どうして一緒に旅をしているの？」

「私にも彼と共に旅する理由があるんです」

突然、回復師がガタッと音を立てて立ち上がる。

ワナワナと震えながら、質問を投げかけてきた。

「魔法使いさん、あなたもあの人が好きなの？」

「いいえ、ぜんぜん」

「だったら、どう思っているの？」

「我が儘《まま》で情けなくて、自分勝手で考えなしの、クズ男だと思っています」

聞かれたことに答えただけだったのに、シーンと静まり返ってしまう。

これまで勇者様を批判していた賢者《セージ》ですら、口元を押さえて「あなた、言い過ぎじゃない？」と言ってきた。

「私は勇者様に対し、好意はまったく抱いておりません。利害の一致で一緒に旅をしているまでです」

回復師は安心したのか、ストンと腰を下ろす。

普通ではない関係に、勇者様（本物）のほうが引っかかりを覚えてしまったようだ。

「その、魔法使い殿の得と損《そん》というのは、もうひとりの勇者との間でしか叶《かな》えられないものなのか？」

「おそらく」

「私では無理なのだろうか？」

「もしかして、私をパーティに誘っているのですか？」

「ああ。例の勇者も一緒にどうかと思って」

「それは嫌！！！！」

賢者《セージ》が目を血走らせながら、勇者様とは一緒に旅をしたくないと訴える。

「偽勇者と旅するくらいならば、死んだほうがマシよ！」

「しかし、魔王を倒すという目的が同じならば、仲間はひとりでも多いほうがいいと思ったのだが」

「嫌ったら嫌!!」

「そうか、わかった」

あっさりと勇者様（本物）は私達をパーティに誘うことを諦める。

仲間を大事にするいい人だな、と思ってしまった。

賢者《セージ》は警戒《けいかい》の視線を私に向けつつ、話しかけてくる。

「あなた達も、もしかして世界樹の様子を見に来たの？」

聖都には月から舞い降りてくるマナを吸収し、魔力へ変換する世界樹があると言われている。

ただ、世界樹は結界の中に隠され、外からだとどこにあるのかわからない。

勇者様（本物）は魔王にマナを奪われ、枯れかけている世界樹を心配し、様子を見に来たようだ。

「いえ、私達は聖都に来る前に立ち寄った街にあるギルドで、この辺りに出現するモンスターが凶暴化している、なんて話を聞いたものですから、様子を見に来たんです」

勇者様が食べて中毒死したフォレスト・ボアも、他の地域で見た個体より大きく、凶暴だった気がする。

そんなモンスターの凶暴化について、勇者様（本物）ご一行は把握《はあく》していなかったようだ。

なんでもモンスターのほとんどは勇者様（本物）が一撃《ワンパン》で倒してしまうようで、強さを他と比較できるような状況ではなかったらしい。

勇者様（本物）は顎《あご》に手を添え、美しい横顔を見せながら物思いに耽《ふけ》る様子を見せていた。

「モンスターの凶暴化か。もしかしたら世界樹が枯れかけている件と関係あるかもしれない」

なんでもこの世界では、モンスターの集団暴走《スタンピード》と呼ばれる事件が多発していたらしい。

「それらのモンスターは魔王により凶暴化の魔法がかけられていたのだが、それはマナの力を悪用した禁術だったのだ」

ならば今回の凶暴化も、世界樹のマナを使って展開されている可能性があるというわけだ。

「勇者様が蘇生されたら、〝大森林〟に向かう予定だったんです」

大森林というのは、聖都の転移陣から行ける巨大な森である。

そこには強力なモンスターがうじゃうじゃいるという話だった。凶暴化したモンスターはそこから逃げ出したのではないか、というのが勇者様の推測《すいそく》だったが……。

「大森林か。目的地は同じだったわけだな」

なんでも大森林は世界樹を隠す巨大な結界のようなものらしい。

世界樹のもとへ行くには、大森林を通る必要があるのだとか。

「なるほど。聖都に世界樹がある、というのはそういう回りくどい意味だったのですね」

「みたいだな。普通に隠すだけでは、すぐに悪人どもに発見されるだろうから」

ただ大森林へ繋《つな》がる転移陣は教会が管理しており、誰でも入れるというわけではないらしい。

「ひとまず、勇者である私は無条件に入れるだろうが――」

「あ！」

勇者様（本物）のあとに勇者だと名乗っても、偽者扱いされるだけだろう。

彼女達はこのあとすぐに、大森林へ行く予定だという。

「あのー、他にはどういう人が入れるのでしょうか？」

「聞いた話によると、多額の寄付金を払った者は入れるらしい」

寄付ならば、勇者様は得意である。

問題なく入れるようで、ホッと胸をなで下ろした。

そのあと勇者様（本物）ご一行と別れる。

回復師は心配げな様子で、声をかけてくれた。

「魔法使いさん、絶対に無理はしないで」

「はい」

「彼のことを、頼んだよ」

それには返事などできず、苦笑いを返してしまう。

不安を煽《あお》ってしまったのだろう。

回復師は眉尻《まゆじり》を下げ、後ろ髪を引かれる思いで私を見つめる。

「回復師、ゆくぞ！」

「わ、わかった」

心の中で回復師よ、ごめんなさいと謝罪したのだった。


さてさて、今晩の宿はどうしようか。

高級宿は普通の冒険者は門前払いを食らってしまう。貴族である勇者様がいるからこそ、宿泊できるのだ。

かと言って、怪《あや》しい安宿には泊まりたくない。

ただ、ここは聖都である。余所《よそ》の街よりは、街の治安もいい。

宿もそこまで悪いものではないだろう。

どうしたものか、と考えているところに、白い鳩が飛んできた。

『くるっぽう！』

教会が放った鳩だろう。腕を伸ばすと、鳩は私の手の甲《こう》で羽を休ませる。

足には紙が結ばれていて、解いて読んでみると、勇者様の蘇生が終わった旨《むね》が書かれていた。

どうやら宿選びをするより先に、勇者様を迎えに行かなければならないらしい。

聖水に浸けなければならないと言っていたので、もっと時間がかかるかと思っていたが。

「教会に行きますか」

私の独《ひと》り言に対し、鳩が『くるっぽう！』と返事をするように鳴いたのだった。

勇者様初めての単独死亡である。

いったいどのような様子で復活を遂《と》げたのか。

教会に向かうと、勇者様はすでに私を待ち構えているような様子で佇《たたず》んでいた。

「魔法使いよ、遅かったな」

そんな言葉に対し、は――――と盛大なため息が零《こぼ》れる。

「お前、私の顔を見るなりため息を吐くなど、失礼ではないか⁉」

「はいはい、すみませんでした」

「心がこもっていないぞ」

「それはいつもです」

「なんだと⁉」

うっかりフォレスト・ボアを食べて死んでしまったというのに、反省するような様子はいっさい見られなかった。

そんな勇者様の蘇生を心から喜ぶのなんて、イッヌくらいである。

イッヌは今も勇者様にキラキラとした瞳を向け、尻尾を健気《けなげ》に振っていた。

「勇者様、行きましょうか」

「そうだな」

教会の外に出た勇者様は、聖都の白い街並みに感嘆《かんたん》の声をあげる。

「ここが聖都か！　ようやく辿《たど》り着いたな！」

その言葉は、自分の足で行き着いた人が言うものだろう。

森から三時間もかけてイッヌと共に勇者様を引っ張ってきたのに、感謝も謝罪の言葉すらなかった。

今になって、勇者様（本物）の仲間に志願しなかったことを後悔する。

勇者様を見捨てていたら、受け入れてくれた可能性があったのに。

それにしても、どうして勇者様（本物）は勇者様とあんなにもそっくりなのか。

「魔法使いよ、なぜ、そのように私の顔をまじまじ見つめる？」

「いえ、さっき勇者様にそっくりな人を見たんです。年齢が近い兄妹がいらっしゃるわけではありませんよね？」

「私はひとりっ子だが？」

「従妹《いとこ》などのご親戚《しんせき》は？」

「十歳以上歳《とし》が離れた従弟《いとこ》なら数名いるが」

十歳も離れていたら、勇者様の親戚ということはありえないだろう。

不思議なのは、勇者様と勇者様（本物）様は顔がそっくりなだけでなく、身長や体格も鏡映しのように似ている点である。きっと年頃も同じくらいだろう。

通常、体格は男女差があるはずなのだが……。

「まあ、この世界には似ている者が三人はいるからな！」

そんな言葉で片付けてもいいものなのか。

まあ、考えるだけ無駄なのかもしれない。

「この街に大森林へ繋がる道があるようだが」

「ああ、教会に転移陣があるそうですよ。寄付で入れるそうです」

「詳《くわ》しいな」

「喫茶店で話を聞きまして」

「そうか」

大森林に向かう前に、準備が必要だろう。

魔法薬はすべて、フォレスト・ボアを食べて倒れた勇者様が消費してしまったから。

「ひとまず、魔法薬を揃えて――」

「あとは食事をどうにかしたい！」

「具体的には？」

「回復師がいたときのように、できたての料理を食したい」

「それは難しいお話です」

調理道具を持ち運んで旅をするというのは無理だ。

「鍋《なべ》くらいであれば、私が背負ってもいい。蓋《ふた》は盾《たて》代わりにもなるだろうし」

「調理道具を戦闘に使わないでください」

勇者様は苦しい思いをして死んだ痛みを、すっかり忘れているようだ。

心の奥底から呆《あき》れてしまう。

「勇者様、料理をするには鍋だけでなく、調味料や食器、食材など、豊富な材料が必要になるんです。収納魔法もなしに持ち歩くことは不可能なんですよ」

「まだしていないのに、なぜできないと言うのだ」

「結果がわかりきっているからですよ」

最大の問題は、調理である。

「私は料理なんてできないですからね！」

「ならば、料理人を仲間に引き入れようか。調理道具もその者に持たせたらいい」

「戦闘能力がない料理人を守りながら旅なんて続けられるわけないじゃないですか！」

ああ言ったらこう言う――そんな感じで、勇者様は料理に対し妥協《だきょう》しなかった。

「わかりました。では、料理の材料を買いに行きましょう」

「いいのか⁉」

「ただし、私は調理道具の類《たぐ》いは一切持たないですからね」

「ああ、わかった！」

そんなわけで、私は勇者様と共に、しぶしぶ市場へ向かったのだった。

聖都の大通りには、さまざまな食材が売られている露店《ろてん》が並んでいる。

店の数は多く、品数も豊富だ。

多くの人々が行き交《か》っているものの、聖都だからか皆、品よくお買い物をしているように見えた。

この人混《ひとご》みだと、イッヌははぐれてしまいそうだ。抱き上げて運んであげる。

抱っこされるのは初めてだろうに、イッヌは大人しくしてくれた。

「さて、買い物を始めるか！」

まずは食品から買うらしい。

「クリームシチューを作りたい！」

「はあ」

勇者様はキョロキョロと店を見る中、乳製品を売る店の前でぴたりと止まった。

店には、チーズとミルク、バター、ヨーグルトなどが販売されている。

しばし悩んでいたようだが、自分で考えることを諦めたのか、くるりと振り返って質問を投げかけてくる。

「魔法使いよ、回復師が作っていたクリームシチューには、何が入っていたか覚えているか？」

「おそらくミルクでしょうね」

「おお、なるほど！」

ミルクを注文しようとした勇者様に、待ったをかける。

「勇者様、ミルクを常温で持ち歩いたら、腐ってお腹を壊しますよ」

「なんだと⁉」

勇者様は眉間《みけん》に皺《しわ》を寄せ、理解しがたいという目で私を見る。

「半日から一日持って歩いたら、確実にダメになるかと」

さらに移動中激しく振ったら、ミルクはバターになっているかもしれない。

「回復師はどうやって、ミルクを持ち歩いていたというのか⁉」

「おそらくですが、食品保存の魔法を使っていたのでしょう」

回復師が調理の途中にミルクを飲ませてくれたのだが、とても冷たかった。

食品が腐らないように、魔法を施《ほどこ》していたのだろう。

「勇者様、クリームシチューは諦めましょう」

「ぐぬぬぬぬ‼」

本当にミルクが腐るか試してみる、と言い出さないか心配だったものの、わかってくれたようでホッと胸をなで下ろした。

フォレスト・ボアの肉を食べてお腹を壊したことが、彼にとっていい経験になっているのだろう。

続いて勇者様が立ち止まったのは、新鮮な魚を売るお店である。

「魔法使い！　魚のスープは作れるだろうが！」

「魚もわりとすぐに腐ります。それに魚は生臭《なまぐさ》いです。冒険向きの食材ではありません」

「このおおおおお‼」

さらに、勇者様は卵を売る店の前で立ち止まった。

「おい、魔法使い、フワフワのオムレツならば作れるだろうが！」

「ダメです。卵はすぐ割れるので、冒険向きの食材ではありません」

「卵の殻《から》というのは、そんなに脆《もろ》い物なのか？」

「ええ。落としただけで、割れてしまうのですよ」

勇者様は驚愕《きょうがく》の表情を浮かべ、信じがたいという視線を卵に向けている。

これまで卵を割ることすら無縁《むえん》の人生だったのだろう。

「それだけでなく、あのフワフワのオムレツは調理がとても難しく、初心者が作れるような料理ではないのですよ」

「くそがあああああ！！！」

皆、静かに品よく買い物をしている中で、汚い言葉遣《づか》いをしないでほしい。お坊ちゃんのくせに、「くそが」だなんてどこで覚えてきたというのか。親が悲しむに違いない。

勇者様はズンズンと大股《おおまた》で市場を進み、今度は精肉店の前で立ち止まった。

干したエイのような表情で私を振り返り、叫んだ。

「おい!!　どうせ肉もすぐに腐るんだろうが!!」

「そのとおりです」

やはり、旅する中で街で食べるような料理を作ること自体に無理があるのだ。

料理の心得《こころえ》や食材の運搬方法を持たない者達は、大人しく干し肉を食べるしかないのだろう。

ふと、精肉店の店先に吊《つ》るしてあるソーセージやハムを発見する。

あれくらいならば、塩や薬草を混ぜて腐りにくくしているので、一日か二日くらいであれば持ち運べるかもしれない。

ハムと干し野菜を煮込んだスープくらいであれば、私達にも作れるだろう。

提案してみようとした瞬間、勇者様は邪悪な微笑みを浮かべながら私を振り返った。

「おい、いいことを思いついたぞ!!」

まるでこの世界を滅ぼしてくれる！　と宣言する魔王のような形相《ぎょうそう》で、勇者様はとんでもないことをおっしゃった。

「魔法使いよ！　ここにいる黒い子豚を一頭買いして、旅の途中で食べるのはどうだろうか⁉」

精肉店の前には、檻《おり》の中に入れられた子豚の姿があった。

値札《ねふだ》がぶら下がっており、銀貨三枚と書かれている。

「大きくなるまで育てて、一番脂が乗っているときに食べるんだ」

「あの、もしかしてそれまでこの豚を連れ歩くつもりですか？」

「そうだが？」

料理人を連れて行くより、子豚を連れていくほうが百万倍マシである。

もしもはぐれたとしても、仕方がないの一言で片付けられるし。

「いいな？　買うぞ？」

「勇者様がお世話してくださいね」

「もちろんだ！　任せてくれ！」

勇者様は元気よく、店主に「この豚を言い値《ね》で買おう！」などと尊大な態度で言っている。

慌てて値段は銀貨三枚だと教えてあげた。

「イッヌ、私達に新しい仲間ができるそうですよ」

『きゅん!!』

イッヌは嬉しそうな声で鳴く。ライバル出現とは思わないようだ。

「それにしても、黒豚なんて初めて見ました」

この辺りで飼育されている、固有種なのだろうか。

千里眼《クレアボヤンス》で黒い子豚を調べてみる。

真名《まな》：聖猪《せいちょ》グリンブルスティ
年齢：五千七百歳
体長：三十センチ
状態：呪《のろ》い（※力のほとんどが封じられている）
「――え？」
聖猪グリンブルスティというのは、神話に登場する神が騎乗する聖なる猪ではないのか。なぜ、グリンブルスティが精肉店で飼われ、銀貨三枚の値段が付いているのか。
「ゆ、勇者様、なりませ」
「この豚畜生の名前は、非常食のぶーちゃんに決めたぞ!!」
『ぴい！』
勇者様が命名した瞬間、グリンブルスティは応じるように鳴き、頭上に魔法陣が浮かび上がった。
命名：非常食のぶーちゃん（※真名：聖猪グリンブルスティ）と古代文字でしっかり刻《きざ》まれていた。
「う、嘘《うそ》でしょう!?」
聖猪グリンブルスティ改め、非常食のぶーちゃんが仲間になってしまった瞬間であった。

第三章 大森林の大問題

どうやら名付けをもって、契約を結ぶことになってしまったようだ。

魔物使い《テイマー》の補助《バリアント》がないと、できないはずなのだが……。

勇敢なる者は幾多《いくた》の可能性を秘める才能《ギフト》なので、契約できたのかもしれない。

は――――、と盛大なため息が零《こぼ》れる。

どうして勇者様は、厄介事《やっかいごと》を引き寄せる天才なのだろうか。

ひとまず、勇者様の足元でうろうろしているぶーちゃんをどうにかしなければならないだろう。この人混《ひとご》みだと、小さなぶーちゃんは踏まれてしまうかもしれない。

勇者様に抱いて移動するように言ったら、素直に従ってくれた。

「ふはは。ぶーちゃんはいったいどれくらい大きくなるのだろうか？」

勇者様が精肉店の店主に問いかけると、一般的な豚《ぶた》の大きさを示していた。

「そうか、そうか、それくらい大きくなるのか。成長が楽しみだな！」

ぶーちゃんは精肉店の店主が示した寸法よりも、さらに大きくなるだろう。

神話に登場する聖猪《せいちょ》グリンブルスティは馬四頭分ほどの巨大な猪《いのしし》で、馬よりも速く駆け、〝恐るべき歯を持つ者〟という異名《いみょう》を持っている。

気性《きしょう》が激しく、極《きわ》めて獰猛《どうもう》。主人と認めた神以外には従わないと神話に書かれていた。けれども今、目の前いるぶーちゃんは勇者様の胸の中で大人しく抱かれている。

ぶーちゃんには呪《のろ》いがかかっていて、弱体化しているとあった。そのため、従う振りをしている可能性がある。

「勇者様、ぶーちゃんとの契約はどうなっていますか？」

「契約？」

「ええ。名付けにより、イッヌ同様、ぶーちゃんも勇者様の配下になっているようです」

どうやら無意識だったらしい。勇者様は真顔《まがお》でぶーちゃんに「そうなのか？」と問いかけていた。

ぶーちゃんは勇者様の言葉を理解しているようで、片手を挙げつつ『ぴぃ！』と鳴いていた。

「イッヌは勇者様からの魔力供給のみで、餌《えさ》を与える必要はありません。ぶーちゃんも同じように、勇者様が魔力を分け与える契約なのでしょうか？」

『ぴぃ、ぴぃいいい！』

勇者様はぶーちゃんに「どうなんだ？」と尋《たず》ねる。

「ふむ、そうか」

契約を交わしたからか、勇者様はぶーちゃんの言うことがわかるらしい。

「勇者様、ぶーちゃんはなんとおっしゃったのですか？」

「食事が必要らしい」

「なるほど」

どうやらぶーちゃんには餌が必要みたいだ。飼育費は勇者様が負担する上、餌を持ち運ぶのも勇者様だ。まあ、大きな問題ではないのだが。

「魔法使いよ、ぶーちゃんを大きくするためには、餌は何を与えたらいい？」

「そうですね。なんでも食べると思いますが、持ち歩きしやすいものであれば、イモやナッツ類でしょうか」

「わかった。それらを購入しよう」

野菜を売る通りに向かい、イモを購入する。

勇者様は山のように詰まれたニンジンを摑《つか》んで、私を振り返った。

「魔法使いよ、これがイモとやらなのか!?」

「違います」

生まれてこの方、食卓で待っていたら料理が運ばれてくるという環境で育った彼は、野菜の名前は知っていても、どういう形状をしているのか知らないらしい。

「勇者様、それはニンジンという野菜です。隣にあるのはカブ」

「これは知っているぞ！　魔法学校に勤務している魔法薬学科の教授が研究室で育てていた。名前はキュウリだ！」

「それはズッキーニです」

「親戚《しんせき》みたいなものだろうが」

「まあ、ウリという括《くく》りでは仲間みたいなものですが……」

面倒《めんどう》になってきたので、青果店の店主にジャガイモを八つほど、手持ちの革袋《かわ》に入れてくれるよう頼んだ。

そして、ずっしりと重たいそれを、勇者様に押しつけた。

「ぐっ、けっこう重たいな」

「ぶーちゃんを大きくするために、頑張ってください」

「う、うむ。そうだな」

その後、ナッツと蜂蜜《はちみつ》を購入する。

蜂蜜はぶーちゃんが店先で欲しがったのだ。甘い物を所望《しょもう》するなんて、贅沢《ぜいたく》な豚畜生である。

「よし、こんなものだな」

あとは、塩分も必要だろうと思い、岩塩《がんえん》も買った。

それらの食材はすべて革袋に詰め、勇者様の腰ベルトに吊《つ》るす。

「むううう……食材を持ち歩いていると、少々動きにくいな」

それをしたいと言ったのは勇者様である。発言にはきちんと責任を持っていただきたい。

「勇者様、食材ですが」

「食材はもういい！」

「しかし」

「いいと言っているだろうが！　くどい！」

そこまで言うのであれば、食材の買い物はここまでにしようか。

「では勇者様、魔法薬を購入しましょう」

「ああ、そうだな」

必要な品々を買い集めたので、大森林へ向かおう。

教会に行き、近くにいた修道女《シスター》に大森林への入り口について尋ねる。

「では、ご案内しますね」

教会内を歩くこと五分ほど。大森林への転移陣があるという、広間に行き着く。そこには大勢の冒険者達がいて、賑《にぎ》やかな様子を見せていた。

行列をなしており、先が見えないほどである。

「こ、これは――!?」

「あちらが最後尾になります」

にこやかな表情のまま去って行こうとする修道女《シスター》の腕をがっちりと掴み、どういうわけなのか問い質《ただ》す。

「あの、大森林は世界樹《たいせつなもの》を隠す結界《けっかい》の役割があると聞きました。立ち入りは制限されていて、どうしても入りたい者達は多額の寄付《きふ》をする、なんて話を耳にしていたのに、どうしてこのようにたくさんの冒険者がいるのですか？」

「大森林への立ち入りが規制されていたのは、先代の枢機卿《ガーディナル》がいらっしゃった時代のことです。今の枢機卿《ガーディナル》になってからは、寄付は大きく減額され、誰でも出入りできるようになったそうですよ」

「そ、そんな‼」

魔王が出現し、世界樹を厳重に守らなければならない時期だろうに、大森林への入場を制限しないなんて。

いったい誰の仕業《しわざ》か、と修道女《シスター》に問い詰める。

「その、現在の枢機卿《ガーディナル》はどなたなのですか？」

「イーゼンブルク猊下《げいか》です」

「ああ……」

アイゲングラフォ・フォン・イーゼンブルク――たしか、現国王の弟だ。

教会関係の中央役員はすべて王族関係者で固められている。

おかしな決定が下っても、誰も指摘《してき》なんてできないのだろう。

「大森林には最近、危険なモンスターが多数出現するようになったと聞きます。それなのになぜ、冒険者達が集まっているのでしょうか?」

「教会がモンスターに懸賞金をかけるようになったそうです。それから、大森林内では稀少《レア》なアイテムや素材が取得できるようで」

これまで未踏の地だったので、珍《めずら》しい物がたくさん眠っているのだろう。

「最深部には近寄れないよう、イーゼンブルク猊下が強力な結界を張っているはずなので、心配ありません」

「はあ」

聖都に冒険者が多かった理由を理解する。皆、大森林へ賞金稼《かせ》ぎとアイテム集めに来ていたのだ。

「他にご質問は?」

「ないです」

今度こそ、修道女《シスター》は微笑《ほほえ》みながら去って行く。

入場前だというのに、ぐったり疲れてしまった。

ぶーちゃんは首輪を装着され、鎖《くさり》で繋《つな》がれた状態でてくてく歩いている。反抗するような態度はいっさい見られない。

さらに、イッヌに対しても社交的な態度を見せている。

今は勇者様に鎖で繋がれた者同士、仲良く肩を並べてシャカシャカ歩いてついてきていた。

年若い女性冒険者は、イッヌやぶーちゃんを見て、「かわいい！」と甲高《かんだか》い声をあげている。端《はた》から見たら、愛らしい犬と豚にしか見えないのだろう。

ミニチュア・フェンリルのイッヌはまあいいとして、ぶーちゃんの正体は聖猪グリンブルスティである。本当の姿を前にしたら、ひっくり返るに違いない。

「勇者様、この行列を並んで大森林に入るようです」

「面倒だな。勇者だから、特別に早く行かせてくれないのか？」

「そういう融通《ゆうずう》は利《き》かないと思いますよ」

もしもイーゼンブルク猊下と知り合いであれば別だろうが。

「勇者様はイーゼンブルク猊下との繋がりはないのですか？」

「あー、一度夜会で言葉を交わした覚えがある程度だな」

イーゼンブルク猊下の年齢は五十代半ばくらいだろうか。

国王よりも三つ年下だ。

幼少期より教会に身を置いているので独身である。

イーゼンブルク猊下と顔見知りならば頼んだらどうか。なんて提案したものの、勇者様は苦虫を嚙みつぶしたような表情を浮かべる。

「あのお方とは、なるべく顔を合わせたくない」

「どうしてですか？」

「いや、イーゼンブルク猊下は私に興味があるようで、ベタベタ触られたことがあったから」

勇者様ほどの美貌《びぼう》の持ち主であれば、男女関係なく魅了してしまうのかもしれない。そういう接し方をされるのも無理はないのだろう。

今までも金ぴかの超絶ださい装備さえ身に着けていなければ、女性冒険者から黄色い声援を受けていたに違いない。

それよりも、イーゼンブルク猊下が頂点に君臨《くんりん》する聖都の統治機能はどうなっているのだろうか。大森林を冒険者に自由に行き来させるなんて、どうかしているとしか言いようがない。

勇者として苦言を呈《てい》してほしいところだが、イーゼンブルク猊下に対して苦手意識があるようなのでここは黙っておく。さすがの勇者様も、王族相手に尊大な態度で接することはできないだろうし。

そんなわけで、私達は大森林へ繋がる転移陣の列に並び、大人しく順番を待ったのだった。

待つこと一時間半ほど。やっとのことで受付までやってきた。

名前と年齢、職業などを冒険者名簿に記入すると、修道女《シスター》が寄付を募《つの》る。

「大森林へ入場するには、半銀貨一枚の寄付をいただきます」

思っていた以上にお手頃価格で入場できるようだ。

「使い魔は銅貨七枚いただきます」

勇者様が財布《さいふ》から銅貨を出すと、修道女《シスター》から「あと七枚です」と追加を言い渡される。

「使い魔はイッヌだけだが？」

「そちらの豚さんの分もいただきます」

「いいや！　ぶーちゃんは非常食、食材アイテム扱いだ！」

生きている上に名前まで付けている豚を食材扱いするなんて、かなり無理があるだろう。

勇者様は払う気がないので、代わりに私が払っておく。

修道女《シスター》は苦笑しつつ、寄付金を受け取った。

非常食扱いされたぶーちゃんをちらりと横目で見る。

イッヌとじゃれ合い、楽しそうに遊んでいた。

どうやら勇者様の失礼発言は聞いていなかったようで、ホッと胸をなで下ろす。

修道女《シスター》はゲホンゲホン、と大きく咳払《せきばら》いし、説明を再開した。

「大森林の内部は強力なモンスターが高い確率で出現します。今現在のパーティですと、少々苦戦するかもしれません」

金貨一枚で他のパーティを紹介しようか、との提案を受ける。

「今ならば、槍騎兵《ランサー》、盾役《タンク》と回復師《ヒーラー》のパーティが待機しておりまして、剣士と魔法使いを求めているようですが」

有料でパーティのマッチングをしているなんて驚いた。けっこう高額なのは、そこそこ需要があるのだろう。

勇者様はきっぱり「必要ない」と言って断っていた。

「最後のご案内になりますが、大森林では一日三百名以上の冒険者が命を落としており、毎日のように運び込まれております。冒険者と名乗る者の中にはたくさんの略奪者《シーフ》がいて、遺体を運ぶことと引き換えに、稀少《レア》なアイテムを引き抜く者も多いようです」

ここでは略奪者《シーフ》に渡す金貨を忍ばせていても、スルーされる確率が高いに違いない。

冒険者達が持っているアイテムや素材のほうが高価だからだ。

命が助かるのだから、その辺で拾ったアイテムくらい失ってもいいだろう。

「そこで、こちらでご紹介しておりますのは、大森林と教会を繋ぐ転移魔法が付与《ふよ》された、魔法巻物《スクロール》です」

全滅しそうになったら、その魔法巻物《スクロール》を使えばいいわけだ。

略奪者《シーフ》に所持金を奪われるよりは、転移魔法で教会まで戻ったほうがいいだろう。

ただ、金額が気になる。思いきって聞いてみた。

「でも、お高いんでしょう？」

「いいえ‼　こちらの魔法巻物《スクロール》、普段は一枚金貨二十枚でご紹介しているのですが、今なら特別に、金貨十枚でお譲《ゆず》りいたします‼」

修道女《シスター》は輝かんばかりの微笑みを浮かべ、魔法巻物《スクロール》をアピールする。

思わず、「高っ!!」と叫んでしまった。

「大森林には金貨五十枚の価値がある虹《にじ》水晶や、金貨百枚で取り引きされる魔法薬、エリクシールの素材、幻《まぼろし》の薬草とも言われるメルヴの葉なども採取できます。それらを考えたら、金貨十枚の寄付なんて安いものです」

話を聞いているうちに、金貨十枚の魔法巻物《スクロール》を安く感じるから不思議だ。

「手持ちがないという方には、金貨の貸付《かしつけ》も行っております。十日で一割、利子をいただくことになりますが」

なんとも悪徳な金貸しである。神聖なる教会がするような行為とは思えなかった。

「勇者様、魔法巻物《スクロール》、どうします？」

「私の実力があれば、必要ないだろう」

回復師がいなくなってからというもの、何回も死んだことを覚えていないのか。

よく実力云々《うんぬん》なんて言えるな、と思ってしまった。

私は死にたくないので、隠し持っていた金貨で一枚だけ購入しておいた。

やっとのことで、大森林へ行けるらしい。修道士《モンク》の案内で転移陣まで移動する。

「こちらが大森林へ繋がる転移陣になります。降り立つ先は無作為《ランダム》となっておりますので、ご了承ください」

小さな使い魔は転移中にはぐれる可能性があるようで、勇者様は左腕にイッヌ、右腕にぶーちゃんを抱えていた。

「魔法使いよ、お前も私に掴まっていろ」

どうやら私も、小さき存在《もの》と認識されているらしい。

広い大森林の中ではぐれたくないので、勇者様の腰ベルトを掴んでおく。

「大森林の中にはいくつか帰還用の転移陣がございますので、無理だと思ったらすぐに教会へ戻ることをオススメします」

また、途中に宿泊施設や道具屋、死者蘇生《レイズデッド》をしてくれる教会もあるようだ。大森林の中に何を作っているんだか。

まあ、助かるには助かるのだが……。

修道士《モンク》が転移陣を発動させる。すぐに視界がくるりと入れ替わり、教会の中から深い森の中へ降り立った。

勇者様はイッヌとぶーちゃんを抱えた状態で華麗《かれい》に着地し、私は背後に転んで尻《しり》を打ってしまう。

大森林の内部は魔力が濃く、少し息苦しい。

木々は天を突くように高く伸びていて、空を覆《おお》い隠すくらいだ。

周囲は少し霧《きり》がかっていて、昼間だというのに薄暗かった。

「ここが大森林か」

「ええ」

転んで手を突いた先に、ヒール草が生《は》えていた。

一枚摘《つ》んでみると、ほのかに光っているのがわかる。

「勇者様、このヒール草、なんだか光っているのですが」

「それはヒール草ではない。キュア草だ」

キュア草というのは、ヒール草よりも回復力が高い薬草らしい。

めったに発見されないので、道具屋では高値で取り引きされているのだとか。

「では、この辺一帯に生えているものすべて、キュア草というわけなのですね」

「みたいだな」

こんなに簡単に、稀少《レア》な薬草が手に入るなんて。

冒険者達が押し寄せるわけである。

この先何があるのかわからないので、ありがたく摘んでおいた。


勇者様が魔法学校で習ったという、キュア草を使った魔法薬の作り方を教えてくれる。

「材料はキュア草、水、魔力、以上だ」

「キュア草の魔法薬は、聖水でなくてもいいんですね」

「ああ。キュア草の場合は、あとから魔力を付与しないと、薬効がなくなるんだ」

「へー」

勇者様はいつになく真剣な様子で、魔法薬作りを教えてくれた。

「まず、キュア草を手で千切《ちぎ》り、水に浸《ひた》す。続いて、魔力を付与し、よく練るのだ」

すると、水分が蒸発し、粘《ねば》りが出てくる。これを丸めたら完成のようだ。

念のため、千里眼《クレアボヤンス》で調べてみる。

「なるほど。これがキュア丸薬、ですか」

「ああ、そうだ」

無事、完成したようだ。

キュア丸薬はヒール丸薬よりも遥《はる》かに高い回復力があるようだ。

大森林の探索できっと薬に立つだろう。

「よし。魔法使い、お前も作ってみろ」

「無理です」

「なぜ、やる前から諦《あきら》めるのだ⁉」

「私、魔力の付与の仕方を知りませんので。混ぜるだけだったヒール丸薬であれば作成可能ですが、キュア丸薬は作れないですね」

「付与魔法は初歩的な技術だろうが！」

「魔法学校に入学して入門編から魔法を習った勇者様とは違って、私は独学で習得したものですから、できることとできないことに差があるのは当たり前です」

勇者様から呆《あき》れたようにため息を吐かれてしまう。

そんな私と勇者様の言い合いを、イッヌとぶーちゃんはハラハラした様子で見ていたようだ。

これは通常営業なので、そこまで心配する必要はない。

しかしながら次の瞬間、ぶーちゃんが思いがけない行動に出る。

『ぴいいいいいっ!!』

辺《あた》りに生えるキュア草の上に魔法陣が浮かび上がる。もう一度『ぴいいいいい!!』と鳴くと、風の刃《やいば》みたいなものでキュア草が切り裂かれた。

さらに『ぴいいいい!!』と鳴き声をあげると、空気中の水分が集められ、刻《きざ》まれたキュア草と混ざる。

最後のひと鳴きで、魔力が付与された。

あっという間に、十個ほどのキュア丸薬が完成する。

「おお！　お前はそんな芸当ができたのか！　さすが、私が見込んだ非常食だ！」

『ぴい！』

さすが、聖猪グリンブルスティである。魔法薬の一括《いっかつ》作成は極めて容易なことなのだろう。

勇者様はぶーちゃんの頭を撫《な》でながら、優秀な非常食だと褒《ほ》めちぎっていた。

勇者様が喜んでいるので、イッヌも跳《と》びはねて喜んでいる。なんとも平和な光景であった。

「キュア丸薬を作ったら、腹が減ったな」

ぶーちゃんが空腹をアピールするならまだしも、勇者様はたった一個しか作っていなかったのだが。

勇者様は腕組みし、どっしり構えた様子で宣言する。

「よし、食事にしよう‼」

勇者様は尊大な様子で、私に食材を寄越《よこ》すように言う。

「おい魔法使い、一刻も早く食材を出すのだ！」

「いや、食材なんてありませんが」

「なんだと⁉　市場でたくさん買っただろうが！」

「あの、勇者様、市場で購入した食材のすべては、ぶーちゃんに与えるために買ったものです。今回、私達が食べるための食材は買っていないですよ」

勇者様は目を見開き、ガーン！　と言わんばかりの表情を浮かべていた。

「いや、あんなにいろいろ買って、私達の食材がないとは⁉」

勇者様は腰に吊るしていた食材が入った革袋を下ろし、ひとつひとつ確認していく。

「このイモは――⁉」

「ぶーちゃんの餌です」

「こっちのナッツは――⁉」

「ぶーちゃんのですね」

「蜂蜜も⁉」

「ぶーちゃんの嗜好品《しこうひん》ですね」

「岩塩は⁉」

「ぶーちゃん専用です」

「うわあああああ‼」

つまり私達は、ぶーちゃんの餌しか所持《しょじ》していないわけである。

「なぜ、私達が食べる物を買わなかった⁉」

「いえ、買おうとしたのですが、勇者様が必要ないとおっしゃったので。食料がないと困るので食い下がりましたが、くどいとまで言われてしまったため、それ以上の追及は諦めました」

「……」

どうやら記憶に残っているらしく、勇者様は明後日《あさって》の方向を向いていた。

そんな彼は、とんでもない食料対策を口にする。

「こうなったら、早速《さっそく》ぶーちゃんをいただくしかないか……‼」

「待ってください。まだ、ぶーちゃんを食べなければならないような、差し迫った状況ではありませんから」

仕方がないと思い、提案してみる。

「勇者様、ぶーちゃんの餌を分けてもらいますか？」

「この私が、ぶーちゃんの餌を食らうというのか？」

「ぶーちゃんの餌というのは一応の呼び名で、普通の食材ですから」

念のため、ぶーちゃんに餌を貰《もら》っていいか聞いてみる。

「あの、これ、少しいただいてもいいですか？」

『ぴい!!』

ふたつ返事で了承してくれる。なんて優しい豚畜生なのか。

「勇者様、ぶーちゃんが食べてもいいって言ってくれたので、いただきましょう」

「あ、ああ、そうだな」

勇者様は意を決したようにイモを摑むと、ごくんと生唾《なまつば》を飲む。

イモを熱心に見つめるほど、お腹《なか》が空《す》いていたようだ。

そういえば、聖都に運び込んでからというもの、勇者様は食事を口にしていない。

何か食べさせてから大森林へやってくればよかった。

「では、いただこうか」

「はい？」

勇者様は想定外の行動に出る。

なんと、イモを生《なま》のままかじりそうになったのだ。

「うわ――――!!」

さすがの私も驚いて、長い杖《スタッフ》で勇者様の腕を叩《たた》いてしまう。

金ぴかの籠手《ガントレット》を殴打《おうだ》する、カーン！　という金属音が辺りに鳴り響いた。

その衝撃で、勇者様の手からイモがコロコロ転がる。

超高速でイモを回収した。

「い、痛いぞ!!　何をするんだ!!」

「イモの芽《め》には毒素が含まれているって、習いませんでしたか!?」

「知らんぞ!!」

堂々と言うので、「そうでしたか」とあっさり返してしまった。

このクソクソクソクソお坊ちゃんは、イモの芽を取り除かないどころか、土が付着した皮ごと食べようとしていた。

私が止めていなかったら、再度お腹を痛めていたことだろう。

「ならば、果物のように皮を剝《む》けばいいのか!?」

「そういう問題ではありません。イモは普通、加熱して食べるものなんです」

「ならば、得意の大噴火《イラプション》で焼いてくれ」

「魔法で焼いたら、一瞬で炭と化すに決まっているでしょうが！」

本当に勇者様は日常生活の知識が欠片《かけら》もない。

これが幼少期からお世話されて育った、箱入り息子なのだな、としみじみ思ってしまう。

ふと、辺りを見回してみると、先ほどよりも薄暗くなっている。

この森の中は時間の経過が外界と違っているのだろうか。

やってきたばかりだが、暗闇《くらやみ》の中での探索は危険だ。

なぜかというと、月灯《あか》りを浴びたモンスターは、昼間よりも凶暴化するから。そんなわけで、今日のところはここで野営するしかないだろう。

魔物避《よ》けを振りまいて、野営地作りを行った。

大森林のモンスターに効果があるかどうかは謎だが、やらないよりはマシだろう。

「魔法使い、私は何をすればいい？」

「では、辺りにある枝や枯れ葉を集めてきてください」

「わかった」

勇者様はイッヌやぶーちゃんと協力し、その辺に落ちている木の枝や木の葉を拾い集めてきた。

燧鉄《ひうちがね》を使って火を熾《おこ》し、めらめら燃える様子を見守る。

「おい、この火でイモを焼くのではないのか？」

「火の中にイモを入れたら、あっという間に焦《こ》げてしまいますよ」

ナッツでも食べて大人しくしているように、と言って手渡す。

勇者様は焚《た》き火を眺《なが》めながら、ぶーちゃんと一緒にナッツを食べていた。

焚き火の火はどんどん弱くなり、最終的に消えてなくなる。

この状態になって初めて、イモの調理を始めるのだ。

長い杖《スタッフ》で灰を掘り、その中に芽を取り除いたイモを入れて覆う。

あとは、余熱でイモに火が通るのを待つばかりだ。

「魔法使いよ、あとどれくらい待ったら完成するのだ？」

「さあ？　気長に待ってください。夜は長いので」

辺りはすっかり真っ暗である。

幸いにも周囲にモンスターの気配はないので、しばらくはゆっくり過ごせそうだ。

それから一時間半ほどで、イモは食べられる状態になった。

長い杖《スタッフ》でイモを掘り起こし、勇者様のほうへ転がしていく。

「どうぞ召し上がってください」

「とても配膳《はいぜん》されている気分にならないのだが」

まるで餌やりのようである。その言葉が喉《のど》まで出かかっていたものの、悪いと思って口にしなかった。

「おい、魔法使いよ、変なことを考えていないだろうな？」

「いいえ。お口に合えばいいな、と思っておりました」

「嘘《うそ》を言え！」

変なところで勘《かん》が鋭いので、表情管理もきちんとしなければならない。

勇者様は一筋縄《ひとすじなわ》ではいかない人物なのだ。

「イモの皮は灰まみれなので、きちんと剝いてから食べてくださいね。あと、熱いので手巾《しゆきん》か何かに包んでから食べてください」

「そこまで口うるさく言わずとも、できたての料理が熱いことくらいはわかっている！」

本人はそう主張しているものの、怪《あや》しいものである。

イモは勇者様とぶーちゃんにふたつずつ、私のはひとつ焼いてみた。

まずはぶーちゃんの分の皮を果物ナイフで剝いてあげた。

すると、イモの皮剝きに苦戦していた勇者様が物申す。

「お前、ぶーちゃんには優しいのだな」

「ぶーちゃんの蹄《ひづめ》では上手《うま》く皮が剝けませんから」

勇者様は立派《りつぱ》なお手々があるので、しっかり頑張ってほしい。

岩塩も削《そ》いで、イモに少しだけ振りかけてあげる。

「さあ、ぶーちゃん、どうぞ」

『ぴいいいっ！』

ぶーちゃんは私にお礼を言うように鳴き、イモを食べ始める。

おいしかったのか、瞳《ひとみ》がきらりと輝いた。

残りも剝いておき、ぷーちゃんの傍《そば》に置いておいた。

勇者様はまだ、イモの皮剝きに苦戦しているようだ。

「あの、勇者様、剝いてあげましょうか？」

「いい！　これくらい、私にもできる！」

「はあ、さようで」

炭で加熱したイモは、ホクホクしていておいしい。

空腹だったのも、いいスパイスになったのだろう。

勇者様は苦労の末、イモを剝き終えた。その表情は達成感で輝いている。勇者様がもたもたしているうちにイモを完食していた私は、やる気のない拍手《はくしゅ》を送ったのだった。

◇◇◇

大森林の外では夕方くらいか。

周囲はすでに真っ暗で、夜も更《ふ》けたような雰囲気《ふんいき》である。

そんな状況の中、勇者様は自分の肩を抱いてガタガタと震えていた。

「勇者様、寒いですか？」

そう問いかけると、白い息が出ていることに気づいた。

大森林は夜になると、急激に冷え込むらしい。朝方は霜《しも》が降りている可能性がある。

雪山に行くような毛皮とかの防寒装備が必要だったのかもしれない。

「魔法使い、お前は寒くないのか？」

「まあ、言われてみれば寒いと思いますが、わりと耐えられる寒さですね」

「お前の体感はどうなっているんだ！」

雪を布団《ふとん》代わりに眠ったこともあるので、この程度の寒さはなんてことない。

勇者様は暖炉《だんろ》のある家で、ふかふかの布団の中で眠るような環境で育ったのだ。この寒さが辛《つら》く感じるのも無理はないだろう。気の毒なので、再度焚き火を熾す。

勇者様はぶるぶる震えながら、炙《あぶ》り焼きになるのではと思うような距離まで火に近づいていた。そろそろ木の枝が必要だな、と勇者様が呟《つぶや》くと、イッヌやぶーちゃんが拾いに行ってくれる。

本当にいい子達だ。

「勇者様、焚き火の火は絶やさないようにしていてくださいね」

「ああ、そうだな。この小さな火は命の灯火《ともしび》だ」

不吉なことを言ってくれる。ひとまず、夜間は交代で火の番をしたほうがいいだろう。

「そういえば、私達だけで野営をするのは初めてですね」

「言われてみればそうだな」

回復師がいた頃は、モンスターを絶対に寄せつけない頑丈《がんじょう》な結界の中、テントの中でぬくぬく眠っていた。

彼女が持ち歩いていた寝具はふわふわふかふか、このうえなく極上で、高級宿で眠るような心地よさを味わっていたのである。

当然ながら、私と勇者様の旅路にテントどころか、ぬくぬくできる寝具もない。

「勇者様、テントや寝具なんてありませんから、風邪を引かないように、マントに包《くる》まって眠ってくださいね」

勇者様は信じがたい、という目で私を見ていた。

「この私に、地べたで眠るように言っているのか？」

「そうですが」

「あのテントや寝具も、回復師が管理していたものだったのか」

「あんなもの、旅をしながら持ち運べるわけがないでしょう」

ショックを受けている勇者様に質問を投げかけてみる。

「勇者様、回復師様を追放したことを後悔していますか？」

「後悔？　別にしていないが？」

はっきり即答したので驚いてしまう。

「でも、彼女がいたら戦闘中に死ぬことなんてありませんし、おいしい食事は作ってもらえるし、温かい寝床《ねどこ》を用意してもらえるのですよ？」

「それはそうだが、私は自分の発言や決定が間違っていると思ったことは一度もない。彼女との縁《えん》も、あの場で終わる運命だったのだ」

いくら酷《ひど》い目に遭《あ》ったとしても、後悔という言葉は勇者様の中に存在しないらしい。なんて強い人なのか。ある意味羨《うらや》ましいと思ってしまう。

「でも、この先きっと、後悔する瞬間が訪れると思います」

「どうしてそう思う？」

勇者様の問いかけに答える代わりに、空を見上げた。

ふわり、と小さな雪の粒が降ってくる。

「勇者様、もう眠りましょう」

「お前が先に眠っておけ。朝方、火の番を頼む」

「わかりました。もしも火が消えてしまったときは、私を起こしてくださいね」

「ああ」

身を縮《ちぢ》め、マントに包まるようにして横になる。

勇者様はごつごつとした固い地面で熟睡できるのだろうか。ちょっと心配だ。

目を閉じると、意識が遠退《とおの》いていった。

『きゅん！　きゅん！』
『ぴいいい！　ぴいいいい！』
イッヌとぶーちゃんの焦《あせ》ったような鳴き声で目を覚ます。
いったい何があったというのか。
瞼《まぶた》を開くと辺りは一面銀世界。熾した焚き火はきれいさっぱり消えていた。
私にも雪が積もっている。道理で肌寒《はださむ》いわけだ。
どうやら昨晩、大森林に雪が降ったらしい。一晩でここまで積もるとは。
ここでイッヌとぶーちゃんが、勇者様のすぐ近くで鳴いていることに気づいた。
「ん……？　どうかしたんですか？」
声をかけると、イッヌが私のもとへ駆け寄ってくる。
『きゅううん!!　きゅん!!』
イッヌは私の袖《そで》を引っ張り、勇者様のもとへ連れて行こうとする。
何を言っているのか謎でしかないが、勇者様に何かあったのは確実だろう。
「はいはい、勇者様に何かあったのですね。わかりました」
全身に降り積もっていた雪を払い、勇者様のもとへと向かう。
ぶーちゃんが勇者の頬《ほお》を蹄でぺちぺち叩いているところだった。
勇者様の頬には、ぶーちゃんの蹄の跡がたくさん付いている。

「勇者様、どうしたんですか？」

顔を覗《のぞ》き込んだ瞬間、ヒュ！　と息を飲み込んでしまう。勇者様の唇《くちびる》は真っ青で、顔から血の気のいっさいがなくなっていた。

「勇者様、起きてください！　勇者様！」

そういえば、以前ギルドで噂《うわさ》話を耳にした覚えがある。体の熱が急激に奪われると、人は生命を維持《いじ》できなくなってしまうと。焚き火の火を絶やさないようにと言っていたのに、勇者様はすっかり忘れ、火の番を私に任せる前に眠ってしまったようだ。

皆で勇者様の体を揺すってみたものの、いっこうに反応はない。

まさかと思い、首筋に指先三本を当ててみる。通常であれば、ドクドクと脈打っているはずだ。けれども勇者様の脈は感じ取れない。鼻先に手を近づけてみても、吐息《といき》も感じられなかった。

瞼をこじ開け、瞳を覗き込む。瞳孔《どうこう》が開いたままだった。

つまり、これらの特徴が示す意味は――。

「し、死んでる⁉」

勇者様は極寒《ごっかん》の中で、ひっそりと命を落としていた。

死因：勇者↓低体温症。

◆

大森林内に死者蘇生《レイズデッド》を施《ほどこ》してくれる教会があるようだが、強力なモンスターが出現する中を歩き回りたくない。どこにあるかもわからないし……。

それにしても、何をしているのか。

入場料を払って転移した地点から一歩も動いていなかった。

そんな状況なのに、勇者様が死んでしまうなんて。

転移陣は一方通行で、私達をここに飛ばした魔法陣は見当たらなかった。

大森林内にある、教会に戻る転移ポイントを捜すつもりもない。

私は潔《いさぎよ》く、購入したばかりの転移魔法が付与された魔法巻物《スクロール》を使うことにした。

「イッヌ、ぶーちゃん、これから転移魔法を展開するので、着地するまで勇者様にしがみついていてください」

『きゅん!』

『ぴい!』

イッヌとぶーちゃんは完全に私の言葉を理解しているようで、勇者様にヒシッと身を寄せていた。私は勇者様の腹部に腰を下ろし、魔法を発動させる。

景色はくるりと一回転し――見慣れた教会の祭壇の前に降り立った。

聖司祭《プリースト》が待ち構えていて、私に問いかけてくる。

「お亡くなりになってしまわれたのですね」

「ええ、まあ」

「おお……なんと嘆《なげ》かわしい」

聖司祭《プリースト》は涙を拭《ぬぐ》うような素振りを見せつつ、寄付を寄越せと言わんばかりに手を差し伸べてきた。

同情と集金を一度に行うとは、なんとも無駄がない人生を送っているものだ。

金貨五枚を手渡そうとしたが、聖司祭《プリースト》はさっと手を引っ込める。

「え？」

「大森林で得たアイテムをお持ちですね。今回はそちらで、死者蘇生《レイズデッド》を承《うけたまわ》ります」

どうやらこの聖司祭《プリースト》は、私が使う千里眼《クレアボヤンス》のような魔法を使えるらしい。

私達が所持するアイテムを把握《はあく》しているようだ。

お目当ては勇者様とぶーちゃんが作ったキュア丸薬だろう。そう言えば勇者様が、高値で取り引きされていると話していた。

命には替えられないと思い、聖司祭《プリースト》にキュア丸薬をすべて差しだした。

「ありがとうございます。では、死者蘇生《レイズデッド》を施しますね。今回はどのようにしてお亡くなりになったのでしょうか？」

「雪を布団代わりにして眠っていました」

「おやおや、凍死ですね。大森林では多い死因なんですよ」

大森林はありとあらゆる季節が同時に存在しているらしい。

春のように暖かなときもあれば、夏のように茹《ゆ》だる暑さに晒《さら》されるときもある。秋のように暑かったり寒かったりする気候もあれば、冬のような厳しい寒さに襲《おそ》われる日もあるようだ。

「大森林へ入ったばかりなのに雪に降られるなんて、お気の毒に……」

死者蘇生《レイズデッド》の魔法を施された勇者様は、修道士《モンク》の手によって運ばれる。これから聖水温泉に浸《つ》からせるようだ。

「寒い中での探索は特に注意が必要ですよ。すぐに体力を消耗《しょうもう》してしまうんです」

食料を十分用意するだけでなく、行動食と呼ばれる栄養補給を行う軽食品を持ち歩くのも大事らしい。

「行動食、ですか」

「ええ。最近、貴族出身の冒険者の間で流行《はや》っているそうですよ」

なんでも現在、貴族の中で娯楽《ごらく》を目的とした冒険が流行っているらしい。

ここ最近、狩猟《しゅりょう》の代わりにモンスターの討伐《とうばつ》が推奨《すいしょう》されていることから、冒険を始める者が多くいるようだ。

「行動食にご興味がおありなら、聖都の中央街にある、貴族様御用達《ごようたし》の道具屋に行かれてはいかがでしょうか？」

貴族が出入りする道具屋があるなんて知らなかった。そこに行ったら、勇者様のお口に合う行動食とやらが入手できるかもしれない。

勇者様の懐《ふところ》から財布《さいふ》を引き抜いていたので、ちょうどいい。お買い物をしよう。

イッヌは勇者様に付き添い、聖水温泉のほうへ行ったようだ。

なぜかぶーちゃんだけ、私の傍にいる。

「ぶーちゃん、勇者様のもとに行かなくてもいいのですか？」

『ぴい、ぴいい！』

何を言っているのかは謎だが、置いて行かれたわけではないのだろう。

「ぶーちゃん、勇者様が目覚めるまで、私と一緒に買い物に行きますか？」

『ぴい！』

そんなわけで、ぶーちゃんと共に街へ繰り出す。

ぶーちゃんの首輪や鎖は勇者様が持っている。そのため、胸に抱いて移動することにした。

街を歩いていると、豚を大事そうに抱いている、という見た目だからか、いたたまれない視線がグサグサ突き刺さってきた。

ぶーちゃんの正体はかの高名な聖猪グリンブルスティだ。

皆、ぶーちゃんの真の姿を見たらひっくり返ることだろう。

ぶーちゃんと共にてくてく歩くこと十五分ほど。中央街にあるという、貴族様御用達の道具屋はすぐにわかった。

看板《かんばん》が金ぴかだったからである。外観から、勇者様が好みそうなお店だった。

さっそく店内にお邪魔すると、店主が笑顔で迎えてくれた。

白衣に身を包んでいるので、教会の信者なのだろう。

聖司祭《プリースト》がいやに熱心に教えてくれたので、若干《じゃっかん》不思議に思っていた。恐らくだがここは、教会の息がかかったお店なのだろう。

「いらっしゃいませ！　ようこそおいでくださいました！」

門前払いを食らう可能性も考えていたから、快《こころよ》く迎えられたので拍子《ひょうし》抜《ぬ》けする。

念のため、質問してみた。

「あの、ここのお店は貴族だけが利用できるのですか？」

「いいえ！　訪れたお客様すべてにご利用いただいております」

「そうですか」

念のため、ぶーちゃんも大丈夫か聞いてみる。

「豚様も問題ありません」

ならば、遠慮なく店内を見学させてもらおう。

普通の道具屋とは、商品のラインナップが大きく異なる。

まず、普通のアイテムでも一般より高い価格で販売されていた。

通常、半銀貨一枚ほどで販売されているヒール丸薬は、金貨一枚もする。高級そうな透し細工の木箱に入っているので、値段がかさ増しされているのだろう。

他にも、貴重な召喚札《ふだ》やモンスター辞典、魔法書など、貴重な品が所狭しと並べられていた。

使役《しえき》させるモンスターまでも販売されているようだ。さすがに店頭には置かれていなかったが、ワイバーンやサラマンダーなど、珍《めずら》しいモンスターの使役権までも売られている。

店内をうろついていたら、店主が揉《も》み手をしながら話しかけてきた。

「お客様は本日、何をお求めですか？」

「行動食を買いに来ました」

「でしたらこちらです。ご案内しますね」

そこまで広くない店内を、店主は商品が置かれた棚まで導いてくれる。

「行動食はここ最近、大人気でして。よく売れています」

一番人気は、銀紙に包まれた長方形の食べ物らしい。

「こちらは干した果物をたっぷり混ぜた、ショートブレッドです」

店主は包みを開き、私に中身を見せてくれる。

ショートブレッドというのは、クッキーとパンの中間のような食べ物らしい。

「片手で食べられるので、冒険しながら栄養補給ができるというわけです」

店主はショートブレッドを半分に折り、私へ手渡してくれる。残りの半分はぶーちゃんに食べさせてくれた。

ショートブレッドはサクサクとモサモサを同時に味わえる不思議な食感で、干した果物の甘《あま》酸《ず》っぱさがじゅわっと口の中に広がっていく。

携帯食はまずい、というイメージを払拭《ふっしょく》してくれる一品だった。

味も干し果物の他に、チョコレートやナッツなど、種類豊富に取りそろえてある。

それほど大きくなく、重たくもないので、私でも持ち歩けそうだ。

ぶーちゃんもお気に召したようで、あっという間に食べてしまったようだ。

「では、この行動食を二十本ほどいただけますか？」

「ありがとうございます」

店主はにっこり微笑みながら、両手いっぱいにショートブレッドを抱えたのだった。

貴族様御用達の道具屋には、行動食の他に携帯食も販売されていた。

「こちらは水に浸すだけで肉厚な生肉《なまにく》になる干し肉、こちらは湯で溶いて飲むスープ、圧縮パンは封を開いただけで、ふかふかのパンに早変わり。即席麺《めん》はお湯を注いだだけで、おいしいスープ麺になりますよ」

まるで勇者様のためにあるような携帯食の数々である。どれも持ち歩きしやすいように圧縮されていた。これらの携帯食も購入した。

すべて鞄《かばん》に詰めたものの、そこまで重量感はない。これで、大森林の中でもおいしい食事ができるだろう。

「お客様は大森林を目的にいらっしゃったのですね。それならば、こちらはいかがでしょうか？」

店主が見せてくれたのは、大森林内の地図だった。

「こ、これは――！」

「入荷したばかりでして、店頭に並べるたびに即完売している人気商品なんですよ」

なんでも冒険者の中には、ダンジョンや複雑な地形を持つ場所の地図を作製する、マッピングと呼ばれる才能《ギフト》を持つ者がいるらしい。

マッピングの才能《ギフト》を持つ者が地図を作製し、納品するようだ。

「大森林内はちょこちょこ地形が変わるようで、こちらは最新版になっております」

地図には教会や道具屋、宿、転移ポイントなどが書き込まれていた。

これがあれば、大森林内の探索もしやすくなるだろう。

「お値段を聞いてもいいですか？」

「金貨十枚ほどになります」

かなり高額だが、支払うのは勇者様である。手持ちだけでは足りなかったので、ご実家に請求するよう頼んでおいた。

「かしこまりました。それでは勇者様のご実家に請求書を送らせていただきます」

行動食と携帯食、大森林の地図を購入し、道具屋をあとにした。

外に出た途端《とたん》、白い鳩《はと》が飛んでくる。

どうやら勇者様が蘇生《そせい》したらしい。思いのほか、早い復活だった。

教会へ戻ると、勇者様は腕組みし、堂々とした居住まいで私達を迎えた。

「待たせたな！」

「いや、待っていなかったと言いますか、思いのほか早かったと言いますか」

それよりもなぜ、火の番を私に任せなかったのか問い詰める。

「お前が心地よさそうに眠っていたものだから、私が朝まで火の番をしてやろうと思ったのだ」

「そういう優しさなんていりませんので！」

勇者様の気遣《きづか》いが、私に迷惑をかける結果となったのだ。

本当に反省してほしいと思う。

「それよりも、大森林は思っていた以上に寒かったな。今度は冬の装備を整えて行きたいのだが」

「大森林の中はさまざまな季節が同時に存在しているそうですよ。次、転移した先が、雪降る場所だと決まっているわけではありませんので」

それでも、毛皮の外套《がいとう》が欲しい。勇者様がそう望んだので、勇者様と共に先ほどの道具屋に戻り、毛皮の装備を一式揃《そろ》えてもらう。

私もどうかと聞かれたものの、丁重《ていちょう》にお断りした。

こうして雪に備えた状態で、再度大森林に挑《いど》む。

転移陣の行列に並び、今回も転移の魔法巻物《スクロール》を購入したあと、入場料を払う。

「よし、ゆくぞ‼」

勇者様の気合いの声と共に降り立ったのは、ジメジメとした熱帯雨林だった。

「暑い！！！！」

勇者様は毛皮の外套を脱ぎ捨てながら、この世の深淵《しんえん》に届くのではないか、と思うくらいの叫びをあげた。

その声はモンスターを引き寄せてしまったようだ。

『シャー‼』

最悪なことに、頭上から襲われる。

「勇者様、頭上から敵一体‼」

「なんだと⁉」

木の幹よりも太い体を持つ巨大ヘビ、ポイズン・サーペントである。

「勇者様、毒ヘビです！　毒の牙《きば》に気をつけてください！」

「わかった！」

ポイズン・サーペントはまっさきに勇者様へ襲いかかる。

長い尾を鞭《むち》のようにうねらせ、打撃を与えようとした。

勇者様はその攻撃をひらりと回避し、金ぴかの剣を引き抜き、ポイズン・サーペントの胴へ斬《き》りかかる。

ガキン！　と金属を叩くような音が聞こえた。

「なんだ、こいつは！」

どうやらこのモンスターの鱗《うろこ》は、鎧《よろい》のように硬《かた》いらしい。

ポイズン・サーペントは毒を持つだけで、鱗にはそこまで強度はなかったはずなのだが……。

さらに、このモンスターは巨体のわりに速く動く。

勇者様は体に絡《から》みつかれ、危うく締め殺されそうになっていた。

剣による物理攻撃は効果がなく、異常に素早い。明らかに、私達が知っているポイズン・サーペントの特徴とは異なる。

「これが凶暴化したモンスターなのか!?」

「かもしれないですね」

凶暴化というより、強化された状態なのだろう。

なぜ、このようになってしまったのか。

誰かに操《あやつ》られている様子は見られないし、魔法にかかっている様子でもない。

千里眼《クレアボヤンス》で調べてみる。瞳に魔力を集中させ、目を眇《すが》めた。

名前：フルポイズン・サーペント
才能《ギフト》：〝猛毒の牙《デッドリー・ポイズン・ファング》〟

「なっ⁉」

「魔法使い、どうした？」

「このポイズン・サーペントは、通常の個体よりも強い毒を持っているようです」

「なんだと⁉」

お喋《しゃべ》りしながらも、勇者様は攻撃を繰りだし続ける。

しかしながら、効果はないように見えた。

「この変化はやはり、枯れかけている世界樹と何か関係があるのでしょうか？」

「その可能性も――うわ‼」

勇者様の眼前に、猛毒をまき散らすフルポイズン・サーペントの牙が迫る。

すぐに回避したようだが、ひと息遅い。

「勇者様‼」

もうダメだ。また、勇者様が死んでしまう。

そう覚悟した瞬間、勇者様の前にぶーちゃんが飛び出してきた。

『ぴぃ！』

勇ましい鳴き声をあげると、蹄でフルポイズン・サーペントの鼻先を叩く。

『シャア！』

フルポイズン・サーペントは怯《ひる》み、回れ右をすると逃げて行った。

これが、聖猪グリンブルスティの実力なのか。思わず舌《した》を巻いてしまった。

勇者様はすぐさまぶーちゃんを抱き上げ、褒めちぎる。

「まさか、ぶーちゃんがそのような戦闘能力を秘めていたとは！　私の目はたしかだったわけだな！」

『ぴぃ！』

ぶーちゃんは非常食としてスカウトしたのに、まるで使い魔として契約を持ちかけたかのように聞こえてしまう。

「あのように巨大なモンスターを一撃で追い払うなんて、ぶーちゃんは天才豚に違いない！」

ぶーちゃんは天才豚ではなく、聖猪グリンブルスティである。呪いで弱体化しているようだが、その辺のモンスター相手であれば十分に実力を発揮《はっき》できるのだろう。

勇者様はぶーちゃんだけでなく、イッヌも褒め始めた。

「イッヌも、出会ったころよりもずいぶんと大きくなったな！　最強のフェンリルになる日も近いだろう」

『きゅううううん！』

ぶーちゃんのついでに褒められたイッヌは、尻尾《しっぽ》が千切れそうなほど振って、大喜びしていた。

勇者様は大きくなったと言ったものの、イッヌはミニチュア・フェンリルで、すでに成犬である。いったいどこが大きくなったと言うのか。

強《し》いて挙げるのであれば、横方向に向かって大きくなっているような気がする。

勇敢《バリアント》なる者の唯一の才能《ユニーク・ギフト》を持つ勇者様の、特別な魔力を供給されたから、あのような体型になっていったのだろう。

イッヌが旅の中で私達に遅れるほど太る前に、魔力を少々制限してほしいとお願いしなければならない。

それから、数体のモンスターと対峙《たいじ》したものの、すべて大森林の外で遭遇《そうぐう》したものよりも強かった。ひとまず大森林に出現するモンスターは、通常見かけるものよりも強化された存在であることがわかった。

きっと世界樹と何か関係があるのだろう。

「モンスターの異変については把握できた。あとは、世界樹のもとに行って、様子を探るしかない」

世界樹のもとには、本物の勇者様ご一行も向かっているはずだ。モンスターの問題が解決していないということは、まだ行き着いていないのかもしれない。

まだ勇者様と勇者様（本物）を会わせるのは早い気がする。

互いに魔王に打ちのめされた中、手を組むしかないというシチュエーションで出会ってほしいのだが。

「世界樹のもとへはどうやって行こうか」

ざっくりとした強い魔力の流れはわかるようだが、正確ではないという。

「ああ、そうだ。私、大森林の地図を購入していたんです」

「そんなものがあるのか？」

「はい。限定販売されているようですよ」

魔物避けを振りかけて簡易結界を作り、その場にしゃがみ込む。

勇者様の前で、買ったばかりの大森林の地図を広げた。

行動食をかじりつつ、地図に視線を向ける。

「勇者様、こちらです」

地図には魔法が付与されていたようで、私達の現在地が微《かす》かに光っていた。

「おお！　これはすばらしい機能が付いている地図だな」

かなり高額だったものの、思いきって買ってよかった。

「えーっと、ここが現在地で、世界樹がある場所はわかりますか？」

地図の中に世界樹らしき表示はなかった。

勇者様は眉間《みけん》に皺《しわ》を寄せ、地図を眺めている。

「おそらくだが――月明かりがもっとも届くのは、この辺ではないか？」

勇者様が指差したのは、最深部であろう場所にぽっかり穴が空《あ》いた場所である。

大森林の中でもっとも開けているので、マナの源《みなもと》たる月明かりを集めるのにうってつけの場所のようだ。

「かなり奥地になりますね」

「ああ」

歩いたら何日かかるだろうか。考えただけでもうんざりしてしまう。

ただ、世界樹のもとに着くまで、道具屋や宿屋、教会などがいくつか建っているらしい。そこに立ち寄りながら、先に進めばいいだろう。

「とにかく行くしかない、というわけか」

「ですね」

死んでしまったら初めからやり直しなので、なんとか頑張りたい。

「なるべく、モンスターと遭遇しないようにして行きたいですね」

そんな願望を口にしたら、ぶーちゃんが『ぴぃ！』と力強く返事をした。

まるで、道案内は任せろ！　と言っているように聞こえる。

都合がいいように解釈しただけだろう。そう思っていたが、ぶーちゃんの先導で歩き始めた途端、モンスターに出会わなくなる。

「突然モンスターがいなくなったな。勇者である私に恐れをなしたか」

「そうだといいですねえ」

勇者様を恐れてモンスターが回れ右をしたのではなく、ぶーちゃんがモンスターがいない道すじへ導いてくれているのだろう。


五時間ほど歩いただろうか。世界樹がある最深部はまだ遠い。

「勇者様、そろそろお腹が空《す》いてきたので、食事にしましょう」

そんな提案をすると、勇者様は警戒《けいかい》するように顔を顰《しか》める。

「またこの前のように、ぶーちゃんの餌をいただくのか？」

「いいえ。聖都で携帯食を買ってきました」

行動食を売っているお店で買ったものだ、と説明すると、勇者様の眉間の皺が和《やわ》らいだ。

「ガッツリお肉が食べたいですか？」

そう尋ねると、勇者様の眉間には再度皺が刻まれる。

「これまで生肉を持ち歩いていたと言うのか？」

「いいえ、干し肉です」

そう聞くやいなや、勇者様の眉間の皺はさらに深くなっていく。

「干し肉を食べるくらいならば、イッヌやぶーちゃんを口に含んで、飢えをしのいだほうがマシだ」

「独特な方法で空腹を誤魔化《ごまか》さないでください」

普通の道具屋で販売されている干し肉とはかなり違うものである。一度、その目で見てもらったほうがいいだろう。

鞄から干し肉を取りだすと、勇者様は「やっぱりな」という視線を向けていた。

ここからが見所なのである。その辺で摘んだ大きな薬草の上に干し肉を置き、水をかけた。すると、全体がふやけていき、最終的に生肉になる。

「な、なんなのだ、この肉は⁉」

「旅先でもおいしい物を食べたいという、貴族達のワガママから生まれた商品のようです」

肉はお店で売っている物と大差はなく、とても干し肉をふやかした物には見えなかった。

そんな肉に岩塩、香辛料《こうしんりょう》や臭み消しの薬草を振りかけ、お皿代わりにしていた葉っぱで包む。

紐《ひも》でしっかり縛《しば》り、焚き火で炙るのだ。

ほどよい木の枝がなかったので、勇者様の金ぴか剣に結んで吊るした。

焚き火を熾し、肉を包んだ葉っぱごと炙るように火にかける。

勇者様は期待が高まっているのか、わくわくした様子で見守っていた。

そうして三十分ほど経過。十分火が通っただろうか。

火から下ろし、勇者様にお披露目《ひろめ》する。

「肉の葉包み焼きです」

「おおおおお！」

果物ナイフで肉を切りわけ、お皿代わりの薬草の上に置く。

「これは、立派な食事に見えるぞ！　ここで作った物とは思えん！」

勇者様のお口に合えばいいのだが。

なかなか食べようとしないのでどうしたのかと思っていたら、ナイフやフォークなどのカトラリーがないことに気づく。

勇者様は肉に手を伸ばしては引っ込めているので、素手で摑んで食べるか否《いな》か迷っているのだろう。

「勇者様、よろしければこちらをお使いください」

予備として持ち歩いていたもう一本の果物ナイフを差しだすと、勇者様は「これで食べるのか」と絶望したような声で呟いていた。

そんな勇者様の発言は無視して、私は果物ナイフで肉を一口大《ひとくちだい》にしてつまむ。

「――んん⁉」

肉は信じがたいほどやわらかく、嚙《か》めば嚙むほど旨《うま》みがじゅわっと溢《あふ》れる。

少し塩っけが強い味つけだったものの、疲れた体に沁《し》み入るような味わいであった。

勇者様よりも先に、ぶーちゃんが食べ始めた。

肉を食べるか心配だったものの、問題なく食べていた。

『ぴいいいいい‼』

おいしかったのか、瞳がキラキラ輝いている。ぶーちゃんが喜んでいて嬉《うれ》しいのか、イッヌも一緒になって『きゅううううん！』と鳴いていた。

ぶーちゃんまでもが絶賛した肉を、勇者様もついに食べるようだ。

慎重な手つきで肉にナイフを刺し、そっと持ち上げる。

「このように肉を切り分けもせず、ナイフに突き刺して食べるのは、山賊《さんぞく》のようだ……」

昔童話で読んだ山賊が、挿絵《さしえ》でこのように食べていたらしい。

「野蛮《やばん》だ」

そう言いつつも、勇者様は肉を嚙み千切った。

「むう⁉」

勇者様は目をカッと見開き、拳《こぶし》をぎゅっと握る。

すぐにふた口目を口に入れ、もぐもぐと食べていく。

「これは、おいしい‼　なぜ、干し肉だったものが、このようにジューシーなのか⁉　不思議でならないぞ‼」

「まったくそのとおりです」

勇者様の舌を唸《うな》らせる携帯食だったわけだ。

それにしても、フォレスト・ボアを食べてうっかり死んでしまったところから、ずいぶん成長したように思える。

今度は勇者様に調理を教えてみよう、と心に誓《ちか》ったのだった。

それからまた三時間ほど歩いていたら、周囲は瞬《また》く間に真っ暗になった。

「今日はこの辺りで野営をするか」

「ええ」

私達は熱帯雨林の区域を抜け、枯れ葉が目立つ秋の森に行き着いていた。

暑くもなく、寒くもなく、快適な中で一晩過ごせそうだ。

勇者様には枯れ葉の布団を作ってあげた。ここにマントを広げたら、簡易的な寝床になろう。

「今晩は私が先に火の番をします。あとで声をかけますね」

「ああ、わかった」

焚き火を前に、長い夜を過ごす。

勇者様は横になり「案外快適だ！」と言っていた。前回は地面で眠ったので、余計にそう思うのだろう。

勇者様は秒で眠ってしまった。あまりにも早い入眠である。

イッヌは勇者様の顔面のすぐ前で丸くなっていた。すでに眠っている勇者様の口に、イッヌの毛が入り込んでいる。あれは大丈夫なのか。

まあ、寝顔が穏《おだ》やかなのでよしとしよう。

孤独な夜を過ごすはずだったが、ぶーちゃんが私の隣に並んでくれた。

『ぴぃ～！』

まるで付き合ってあげよう、とでも言っているようだった。

焚き火に木の枝を焼《く》べつつ、長い夜を過ごしたのだった。

五時間ほどで交替してもらう。勇者様を起こし、火の番を頼んだ。

イッヌも一緒に起きて、自分も頑張ると主張するかのように『きゅん！』と鳴いていたものの、目は半分以上閉まっている。

勇者様も寝ぼけ眼《まなこ》で、のろのろ起き上がっていた。

「頼みますからね」

「ああ、任せろ」

木の枝はぶーちゃんが集めてくれたので、十分すぎるほどある。

あとはテンポよく、焼べてくれたらいい。

焚き火がパチパチと爆《は》ぜる音を聞きながら、私とぶーちゃんは眠りに就《つ》いたのだった。

翌日――イッヌの悲痛な鳴き声で目を覚ます。

『きゅうううううん!!』

「え、何?」

『ぴいい?』

のっそり起き上がると、イッヌが私に向かって駆けてきた。

『きゅううん！　きゅうううううん！』

「え、なんですか?」

『ぴ、ぴいい……』

ぶーちゃんが勇者様のもとへ視線を向ける。

「え……勇者様?」

勇者様は白目を剝き、口から血を吐いて倒れていた。

手には、木の枝に刺さった食べかけのキノコが握られている。

「あ、それ、猛毒キノコ」

勇者様はまた、バカな行為を働いてくれたようだ。

死因：勇者→猛毒キノコを食べたことによる毒死。

概要：猛毒キノコ。この世界に存在する最強の毒を持つ。少し舐《な》めただけで死ぬ。

◆
魔法薬での回復が間に合うと思いきや、勇者様はすでに死んでいた。

朝から盛大なため息を吐いてしまう。

「お腹が空いたのでしょうか……」

行動食は与えていたので、我慢《がまん》できないのならばそっちを食べてほしかったのに。

猛毒キノコがおいしそうに見えたのだろう。猛毒キノコは茶色い地味なキノコでいい香りがする。とても毒キノコには見えないビジュアルなのだ。

魔法学校で毒キノコと食用キノコの見分け方を習っていただろうに。きっとその授業は眠っていたのだろう。

ふと、ここで気づく。私のほうにも、焼いた猛毒キノコが置かれていた。

まさか、朝食として用意してくれたのか。

よくよく周囲を確認してみると、近くに立っている木の根っこに、猛毒キノコがいくつも生えている。

昨晩は暗かったので気づかなかったが、この辺りは猛毒キノコが自生する、毒キノコの森だったようだ。

せっかくここまでやってきたのに、勇者様が死んでしまうなんて。

教会に戻ろうか、と転移の魔法巻物《スクロール》を出しかけたが、ちょっと待てよ、と思う。

大森林の地図を広げてみたら、教会が比較的近くにあった。

「ここから一時間くらい歩いた先に、死者蘇生《レイズデッド》をしてくれる教会があるようですね」

ちらり、とイッヌやぶーちゃんを見る。

ふたりとも察しがいいのか、力強くこくりと頷《うなず》いてくれた。

「イッヌ、勇者様を教会まで運んでくれますか？」

『きゅん!!』

「ぶーちゃんはモンスターがいない道を案内してくれますか？」

『ぴぃ！』

「ありがとうございます」

イッヌとぶーちゃんは、確実に勇者様よりも賢《かしこ》いし、パーティの一員として活躍してくれている。

感謝の気持ちで心が満たされた。

死者蘇生《レイズデッド》させるならば、早いほうがいいだろう。

ともあれ、ぶーちゃんに朝食を用意してあげなければ。

「ぶーちゃん、朝食は何が食べたいですか？」
干し果物やスープ、パンなどの携帯食を見せたが、ぶーちゃんは首を横に振る。
「食欲がないのですか？」
『ぴいいいい……』
ぶーちゃんは白目を剝いて死んでいる勇者様を振り返る。
たしかに、勇者様の死体を前に何か食べようという気にはならなかった。
「では、先に進みましょうか」
『ぴい！』
出発する前に、ぶーちゃんは地図に向かって真剣な眼差《まなざ》しを向けていた。
ぶーちゃんは地図も理解しているらしい。
蹄で地図を指し示しながら、小さく『ぴい、ぴいい』と確認するように鳴いていた。
水分補給だけ行い、教会を目指す。
イッヌは勇者様の足先を咥《くわ》え、ずるずる引きずり始めた。
ぶーちゃんは先頭を歩き、私達を導いてくれる。頼もしい背中を見せてくれた。
道中は途中まで順調だったが――。
『ギャア！　ギャア！』
上空からモンスターの鳴き声が聞こえた。巨大な鳥系モンスター、ロックである。

さすがのぶーちゃんも、上空から襲いくるモンスターは避けられなかったのか。

『ギャー!!』

ロックが向かう先は、勇者様であった。死体漁《あさ》りをしに来た、というわけなのか。

鋭い鉤爪《かぎづめ》がついた足が伸ばされる。

「勇者様!!」

魔法は間に合わない。というか、地面から岩漿《マグマ》を噴《ふ》き出す大噴火《イラプシヨン》は、飛行系のモンスターには大きなダメージを与えられないだろう。

もうダメだ。そう思った瞬間、ぶーちゃんが大きく跳び上がった。

蹄でロックの嘴《くちばし》を叩く。

『ギャウ!?』

思いがけない方向からの攻撃に、ロックは驚いたようだ。

すぐに狙《ねら》いをぶーちゃんに変え、反撃を試《こころ》みる。

『ギャッ、ギャッ!』

ロックは少し飛び上がり、竜巻《サイクロン》を起こす。

鎌《かま》のように鋭い風が巻き上がった。

イッヌは勇者様が飛んでいかないように、お腹の上に乗って重石代《おもし》わりになっていた。あの小さな体で、押さえておけるのか疑問なのだが……。

私も飛ばされないよう踏んばる。

ぶーちゃんはロック相手に、勇敢《ゆうかん》な戦いを見せていた。

ただ、ロックが高く飛ぶとぶーちゃんの攻撃は当たらない。

そう思っていたが、ぶーちゃんが想定外の行動に出る。

『ぴいいいいいいいい！！！！』

上空にいるロックに向かって、ぶーちゃんが高い跳躍《ちょうやく》を見せる。

蹄をナイフのように突きだし、ロックの右目を潰《つぶ》した。

それだけでなく、ロックの背中に回り込み、攻撃を加えているようだ。

翼をズタズタにすると、ロックは飛行能力を失い、地面に向かって真っ逆様に落ちていく。

ぶーちゃんはロックの背中から飛び降り、美しく見事な着地を見せていた。

驚いたことに、ぶーちゃんは単独でロックを倒してしまったようだ。

「すごい……！　さすがぶーちゃん」

勇者様が死んだままでも、ぶーちゃんさえいたらこの旅は成立するのではないか。

そんなことまで思ってしまう。

「ぶーちゃん、ケガはありません――」

言いかけた言葉を途中でヒュッと飲み込む。

一瞬、強い風が吹いたのかと思ったのだが、それは間違いだった。

胴を強く掴まれ、私の体は宙に浮く。

ぶーちゃんやイッヌ、勇者様の死体がどんどん遠ざかっていった。

『きゅううううんん⁉』

『ぴぃいいいいいいい⁉』

信じがたい話なのだが、私は新たに現れたロックに攫《さら》われてしまった。

「ひ、ひぃいいいいい！！！！」

大空を舞い、生きた心地がしない気分を存分《ぞんぶん》に味わう。

私はどこに運ばれているのか。

最終的に行き着いた先は、ロックの巣だった。

そこにはかわいらしい六羽のロックの幼鳥がいて、ピイピイとかわいい声で鳴いている。

どうやら私を攫ったロックは、母鳥だったようだ。

私は幼鳥達の餌として、捕獲《ほかく》されてしまったのだろう。

どうしてこうなった。

『ギャア』

母鳥のロックは幼鳥達に向かって、優しげな声で鳴いていた。

もうすぐ食事の時間ですからね、とでも言っているのだろうか。

私を巣に落とすと、幼鳥達から猛烈に突《つつ》かれる。

「い、痛い‼　いたたたたた‼」

このまま幼鳥達に突かれて死んでしまうのか。

そう思っていたが、想像は大きく外れる。

母鳥のロックは再度飛び上がり、巣に向かって竜巻《サイクロン》を放った。

「ちょっ――⁉」

どうやら竜巻《サイクロン》を利用し、私を六頭分に切り分けるつもりらしい。

鋭い風に全身を切り裂かれ、私は息絶えることとなった。

敵：ロック
死因：魔法使い→才能《ギフト》〝竜巻《サイクロン》〟による失血死。
概要：竜巻《サイクロン》・・・鋭い風で敵を切り裂く、風系中位魔法。

第四章 世界樹のもとへ……

あんたなんか、この世界の誰の役にも立たない。

そんな暴言が、脳裏《のうり》にこびりついていた。

私自身もそうに違いない、と思っていた。

けれどもそれが間違いであると確信する。私はロックの幼鳥達の餌《えさ》として選ばれた、名誉ある人間なのだ。

私の命が、六匹の幼鳥達の血となり肉となる。

十分すぎるほど、役に立っているだろう。

自分という存在に自信を持って、天国にいける。

そう思っていたのだが――。

「――神よ、迷える者を救い給《たま》え!!」

昇天しかけていた意識が、急に呼び戻される。

ハッと目を覚ますと、私を心配そうに覗《のぞ》き込む聖司祭《プリースト》と目が合った。

「生きてる？」

「はい、生きておりますよ」

起き上がろうとすると、頭がズキズキ痛んだ。

「まだ安静にしていたほうがいいかもしれません。あなた様のご遺体は、バラバラな状態で運び込まれたものですから」

「そ、そうだったのですね。いったいどなたが、私をここに連れてきたのですか？」

「それは——」

背後の扉が開かれ、修道女《シスター》に抱かれたぶーちゃんがやってくる。

『ぴいいいい!!』

ぶーちゃんは嬉《うれ》しそうな声で鳴くと、私のもとへ一目散《いちもくさん》に駆けてきた。

よかった、よかったと言わんばかりに、体をすり寄せてくる。

「えー、そちらの豚《ぶた》様が、あなた様をここまで連れてきたのですよ」

「ぶーちゃんが、ですか!?」

ぶーちゃんは誇らしげな様子で、『ぴい！』と鳴く。ロックに連れ去られ、竜巻《サイクロン》でバラバラになった私を回収し、ここまで運んできてくれたようだ。

「ぶーちゃん、ありがとうございます」

『ぴいい』

気にするな、とばかりに鳴いてくれた。

それにしても、ロックに攫《さら》われて幼鳥達の餌になりかけるなんて。

もしもぶーちゃんが助けに来るのが遅れ、食べられて胃の中で消化されたら、さすがの私でも蘇生《そせい》なんてできなかっただろう。

考えただけでもゾッとする。

それにしても、酷《ひど》い目に遭《あ》った。

人は一度くらい、大空を飛べたらなんて幸せなんだろう、などと夢見る瞬間があるに違いない。けれども実際に味わうと、地獄としか言いようがなかった。

生きて帰れたことに心から感謝した。

「あの、もうひとり金ぴかの成人男性と、人懐《ひとなつ》っこい犬は来ませんでしたか？」

「いいえ」

どうやら私達はイッヌや勇者様よりも先に、教会に来てしまったようだ。

「あなた様が運び込まれて蘇生を行っていた三日もの間、金の鎧《よろい》を纏《まと》った冒険者や犬はいらっしゃいませんでした」

「三日？」

「はい。あなた様の体は損傷《そんしょう》が激しかったため、蘇生に時間がかかったようです」

ロックの襲撃《しゅうげき》を受けた現場から教会まで徒歩一時間くらいだった。

それなのにまだ、イッヌと勇者様は教会に着いていないなんて……。

『ぴい、ぴい！』

ぶーちゃんが私の鞄《かばん》を探り、地図を取りだす。

器用に蹄《ひづめ》で広げ、現在地をたしたしと踏む。

「あ、ここは！」

目的地だった教会とは、違う場所だった。

どうやらぶーちゃんは、攫われた場所に近い教会へ運んでくれたらしい。

「ああ、よかった。イッヌと勇者様に何かあったのかと思ってしまいました」

はぐれてしまったものの、命があるだけ儲《もう》けものだろう。

「まずは合流したいところですが――」

飛んで移動したからか、ずいぶんと先に進んでいた。

どうやってイッヌや勇者様と落ち合えばいいものか。

勇者様の行動はまったく想像できない。

どうしたものか、と考えていたら、ぶーちゃんが地図の最深部を蹄で叩《たた》く。

「ここは、世界樹のある場所ですね。世界樹を目指していけば、イッヌや勇者様と合流できるわけですか？」

『ぴい！』

勇者様のことだ。私がいなくても、わざわざ捜し回らないだろう。きっと、目的地の世界樹を目指すはずだ。

三日経《た》っているというので、きちんと生きているのか怪《あや》しいところだが……。

「それにしても勇者様は、食事はどうしているんでしょうか？」

携帯食は私がすべて持ち歩いている。勇者様が所持《しょじ》しているのは、行動食が十本だけだ。

私抜きで、旅が成立しているとは思えないのだが。

「もしかしたら、すでにどこかで死んでいて、放置された状態かも……」

『ぴい、ぴいい！』

ぶーちゃんが魔法陣を展開し、私に見せてくれた。

それは、勇者様とぶーちゃんの間に交わされた契約である。

「これがあるということは、勇者様は生きている、ということですね」

『ぴい！』

私とぶーちゃんのみで最深部まで行けるのか、心配だった。

けれども行くしかないだろう。

「ぶーちゃん、頑張りましょう」

『ぴい！』

ちなみに死者蘇生《レイズデッド》費相当の寄付《きふ》は、ぶーちゃんが稀少《レア》なアイテムと引き換えてくれたようだ。

なんてできる子なのか。

これから先はうっかり死なないよう、これまで以上にしっかりしていないといけない。

教会を出る前に、修道女《シスター》が引き留めてくる。

「こちらの教会へ転移する魔法巻物《スクロール》を、特別にご紹介しているんですよ」

「ええ……。でも、お高いんでしょう?」

「一枚、金貨十枚の寄付金となっております」

ロックに攫われたときも、魔法巻物《スクロール》を使って転移すればよかったのだ。今になって気づく。

大森林内の教会へ繋《つな》がる魔法巻物《スクロール》があれば、もしものときに役立つだろう。

勇者様のご実家にツケを回す形で、入手したのだった。

教会の外には、宿泊施設や道具屋などがあるようだ。

出てみると、ちょっとした村のようになっている。いくつか露店《ろてん》が並んでいて、食べ物や珍《めずら》しいアイテムを販売しているようだ。

行き交《か》う冒険者達は、仲間の復活を待っているのだろう。手持ち無沙汰《ぶさた》な様子でいた。

ひとまず持ち歩くアイテムを見直したい。

道具屋でも勇者様のご実家のツケは利《き》くだろうか。なんて考えていたら、背後より聞き覚えのある声が聞こえた。

「――まったく、あの子ったらドジなんだから!!」

「まあまあ、彼女も人間なんだから、失敗もあるだろう」

「もう！　勇者は甘いんだから！」

振り返った先にいたのは、麗《うるわ》しのハイエルフ。

そして、銀色の板金鎧《ばんきん》をまとう美しき勇者様（本物）であった。

勇者様（本物）様と賢者《セージ》は、すぐさま私の存在に気づく。

「おや、君は――！」

「偽《にせ》勇者と旅をしている魔法使いじゃないの」

まさか、こんなところで本物の勇者様ご一行と遭遇《そうぐう》するなんて。

ただ、彼女らの中に回復師の姿がなかった。

まさか、回復師は死んでしまったのか。用心深く、回復術を得意とする彼女が？

ありえないだろう。

もしかしたら、どこかへ行っているのかもしれない。

私が探るような視線を向けているのに、勇者様（本物）はすぐに気がつく。

「回復師はいない。途中ではぐれてしまったんだよ」

「え⁉」

なんでもここから先は迷いの森と呼ばれているエリアらしい。

時空が酷く歪《ゆが》んでいて、行方《ゆくえ》不明になる人達が多いようだ。

「回復師は時空の歪みの狭間《はざま》を、うっかり踏んでしまったようなんだ」

勇者様（本物）と賢者《セージ》の目の前で、回復師は忽然《こつぜん》と姿を消してしまったという。

「彼女と別れて、もう三日になる。捜索しているのだが、迷いの森は深入りすると私達も帰れなくなるゆえ、満足に捜せていないというのが現状だ」

「なるほど」

行方不明になった仲間を見捨てず、一生懸命捜すなんて勇者様（本物）のお人柄はすばらしい。うちの勇者様だったら、私のことなんてあっさり見捨てるだろう。

それよりも、優秀な者達の集まりである勇者様（本物）ご一行のことだから、すでに世界樹のもとに行き着いているものと思っていたのだが。

まさか、最深部に近づくにつれて、そのような仕掛けがあるなんて。

迷いの森があるので、教会側も冒険者を入れても大丈夫だと判断したのだろう。

「ところで、魔法使い殿はひとりなのか？」

「いえ、ぶーちゃんがいますが」

ぶーちゃんは勇者様（本物）を前に、優雅《ゆうが》な会釈《えしやく》を見せる。

一方、勇者様（本物）はぶーちゃんを見て驚いた表情を見せていた。

「これは⁉」

勇者様（本物）は片膝《ひざ》を突き、ぶーちゃん相手に丁重《ていちよう》な挨拶《あいさつ》を返していた。

賢者《セージ》も緊張の面持《おもも》ちで、勇者様（本物）に続く。

おそらく彼女達の目には、ぶーちゃんが普通の黒豚には見えなかったのだろう。

「魔法使い殿、こちらのその、ぶーちゃんとやらとは、いったいどこで出会ったのか？」

「見つけたのは勇者様です。精肉店で売られているところを、非常食として購入しました」

「非常食……」

勇者様（本物）から信じがたい、という目で見られる。

賢者《セージ》は「本物の大馬鹿者《ばかもの》ね」と辛辣《しんらつ》な言葉を吐いていた。

「して、その、例の勇者とやらはどこにいる？　一度、会って話をしてみたいのだが」

「ああ、勇者様もいないんです。先に死んでしまって、教会に運ぶ途中にロックの襲撃を受けて――」

これまでの経緯《いきさつ》を話すと、憐憫《れんびん》の視線を向けられた。

「私、一度も死んだことがないんだけれど、とっても痛いんでしょう？」

「ええ、痛いですね」

「どうしてそんなに平然としているの？」

「慣れと言えばいいのでしょうか……」

母親は出産の痛みを乗り越え、次の子どもを産むという。

それと同じで、私にとって死はかろうじて耐えられるものなのだ。

「魔法使い殿はこれからどうするんだ？」

「世界樹を目指して、先に進もうと思っています」

「勇者とは合流しないのか？」

「はい。勇者様はきっと、私を見捨てて世界樹のもとへ行っているでしょうから」

世界樹を目指していたら、勇者様に出会えるだろう。

「ねえ、勇者。私達もそうしない？　回復師もしかしたら、世界樹を目指している可能性があるわ」

「たしかに。これ以上、彼女の捜索に時間をかけるわけにもいかないからな」

回復師の捜索は一時的に中断し、世界樹を目指すことにしたようだ。

「魔法使い殿、目的地は一緒だから、共に行かないか？」

「え？」

ありがたいお誘いだったが、賢者《セージ》の視線が槍《やり》のようにグサグサ突き刺さってくる。

「ちょっと勇者！　あなたはどうして、困っている人を見たら、見境《みさかい》なく声をかけるのよ」

「賢者《セージ》、今回の場合は、私達も困っている側だ。もしかしたら、彼女に助けてもらえるかもしれない」

「このちんちくりん魔法使いに⁉　私達が助けられるですって⁉」

「そうだ。今しがただって、魔法使い殿の意見を聞かなければ、私はまだ回復師を捜し回っていたかもしれない」

そのまっすぐな視線を受けた賢者《セージ》は、勇者様（本物）は意見を曲げないと察したのだろう。

私をビシッと指差し、忠告してくれる。

「あなた、私達の邪魔だけはしないでね‼」

「はあ」

賢者《セージ》がいるパーティに同行して、役に立つとは思えないのだが。

かと言って、迷いの森と呼ばれているエリアにひとりで挑戦しようとは思わなかった。

「ふつつか者ですが、どうぞよろしくお願いします」

「こちらのほうこそ、どうぞよろしく」

勇者様（本物）が差しだした手をそっと握る。

そんなわけで、私とぶーちゃんは勇者様（本物）のパーティに同行することとなった。

「じゃあ、さっそくだけれど行きましょうか」

「賢者《セージ》よ、待て」

勇者様（本物）はしゃがみ込んで私と視線を同じにし、話しかけてくる。

「魔法使い殿、準備はできているだろうか？」

問いかけられた瞬間、これから道具屋に行ってアイテムを揃《そろ》えようと計画を立てていたのを思い出す。

「あ、少し道具を――」

鞄を確認しながら返事をしようとしたら、ギョッとしてしまう。

中にはキュア丸薬だけでなく、瀕死《ひんし》状態から回復可能なレイズ点薬《てんやく》、猛毒や大火傷《やけど》を治す万能薬《パナシーア》など、種類豊富な魔法薬が入っていた。

「こ、これは⁉」

『ぴい！』

ぶーちゃんが胸を張って鳴く。もしや、私が死んでいる三日間の間に、魔法薬の素材を集め、薬を調合してくれたというのか。

「ぶーちゃんが作ってくれたのですね」

『ぴいい』

私の鞄の中身を賢者《セージ》が覗き込むと、ギョッとしていた。

「何よ、これ！　私でさえ作れない魔法薬が入っているじゃない！」

レイズ草を材料にして作るレイズ点薬は、難易度の高い魔法薬らしい。

調薬を得意とするハイエルフでも、薬師《ケミスト》の才能《ギフト》を持つ者しか作れないようだ。

「すべてぶーちゃんが作ってくれたようです」

勇者様（本物）と賢者《セージ》は、ぶーちゃんに尊敬と畏怖《いふ》が混ざったような視線を向けていた。

「ぶーちゃんはどうして、偽勇者を主人と認め、旅をしているのよ」

「よくわかりません」

市場で助けたことに対し、恩を感じているのかもしれない。

神話に登場する聖猪《せいちょ》グリンブルスティは、獰猛《どうもう》で荒い気性《きしょう》を持つ存在として書かれている。が、実際のぶーちゃんは心優しくて勇ましい、頼りになる仲間だ。

呪《のろ》いの影響である可能性もあるが……。

「ああ、そう。ぶーちゃんには呪いがかかっているのですが、賢者様《セージ》、何かわかりますでしょうか？」

「呪い？」

ぶーちゃんを抱き上げ、賢者《セージ》のほうへ差しだす。

賢者《セージ》は目を眇《すが》め、ぶーちゃんを見つめた。

「……何これ」

簡単な呪いであれば賢者《セージ》にも解けるようだが、ぶーちゃんの呪いは複雑らしい。

呪術師《シャーマン》の才能《ギフト》がある者にしか詳細《しょうさい》はわからないだろう、と言われてしまう。

「命を削るとか、言動を制限するとか、そういう強制力がある呪いではないから、すぐに解かなくても大丈夫なはず《はず》よ」

それを聞いて安心する。呪いがぶーちゃんの負担になっているのではないか、と心配していたのだ。

「えーっと、話は戻りまして、アイテムは問題ありませんので、いつでも旅立てる状態にあります」

「わかった。早速《さっそく》で悪いが、すぐにでも出発しよう」

勇者様（本物）一行と共に、迷いの森に挑《いど》むこととなった。

歩いているうちに、だんだんと霧《きり》が濃くなっていく。

先頭を歩く勇者様の背中ですら、少し見えにくくなるくらいだ。

ここが迷いの森らしい。

周囲は木々が鬱蒼《うっそう》と生《は》え、昼間だというのに薄暗い。

風がヒューヒューと不気味な音を鳴らすだけでなく、モンスターの『ギャア！　ギャア』という鳴き声も聞こえてくる。

これまで通ったどのエリアよりも不気味で、心細さを感じる場所だった。

回復師はこんなところで迷子になるなんて……。気の毒だ、としか言いようがない。

「ねえ、勇者」

「ん？　どうかしたのか？」

「先ほどから、同じ場所をぐるぐる回っているわ」

賢者《セージ》に指摘《してき》され、勇者様（本物）はハッとなる。

「た、たしかに、爪痕《つめあと》があるこの樹は先ほども見たような気がする」

「全部、霧のせいよ」

なんでもここの霧には、迷いの森に自生する、感覚を鈍《にぶ》らせる毒草の成分が含まれているらしい。歩き回っているうちに、だんだんと意識が朦朧《もうろう》とし、ボーッとしてしまうようだ。

「魔法使い殿、すまない。もう何度めか、私達は迷いの森ではこのようになってしまうのだ」

感覚が鋭い賢者《セージ》ですら、迷っていると気づくのが遅くなるらしい。

「回復師を捜すどころの状況ではなかったようだ」

このままでは体力を無駄に消耗《しょうもう》してしまうだろう。

ならば、と提案してみる。

「あの、ぶーちゃんに道案内を頼みますか？」

ぶーちゃんを抱き上げつつ言ってみる。

任せろ！　とばかりにぶーちゃんは『ぴぃ!!』と力強く鳴いていた。

「これまでも、ぶーちゃんに道案内を頼んだことがあったんです。ロックの巣で死んだ私を回収し、教会まで連れて行ってくれたのもぶーちゃんですし」

ぶーちゃんの安心安全の実績を、勇者様（本物）と賢者《セージ》に語って聞かせる。

彼女達は目を合わせ、同時に頷《うなず》いた。

「わかった。この先の先鋒《せんぽう》を、ぶーちゃんに預けよう」

「お願いね」

ぷーちゃんは元気よく『ぴぃー！』と鳴いた。

それから、ぷーちゃんの先導で迷いの森を進んで行く。

たまに振り返り、ぼんやりしていないか確認もしてくれた。

勇者様（本物）がもっとも霧の影響を受けやすいらしい。

何度かぷーちゃんが、蹄を使って勇者様（本物）の靴をコツコツと叩いていた。

「ああ、またか……すまない」

「集中力が切れているのよ。少し休憩《きゅうけい》しましょう」

「そうだな」

賢者《セージ》が張った結界《けっかい》内に腰を下ろし、ひと息吐く。

少し気まずい中で、提案してみた。

「あの、よろしければお守りを手に刻《きざ》んでみませんか？」

「お守り？」

「はい。〝ヘナ〟という、肌《はだ》に直接刻む魔法です」

普通の魔法よりも外部からの影響を受けにくく、効果も高い。

一度試してみないか、と聞いてみた。

「この場でできるものなのか？」

「ええ。たった今、ヘナの材料になる守護薬草を発見しましたので」

私達が腰を下ろしている草むらに自生しているのが、守護薬草なのだ。

「あら、本当」

普通、守護薬草は煎《せん》じて丸薬にし、防御力《ぼうぎょりょく》を上げるものである。

ただこの霧の中では、飲むよりもヘナを施《ほどこ》したほうが効果があるだろう。

「わかった。頼む」

「お任せください」

ヘナの作り方はそこまで複雑ではない。

乳鉢《にゅうばち》に守護薬草を入れ、精油を垂《た》らしてペースト状にし、それを円錐《えんすい》状に丸めた油紙に入れて、先端を小さくカットする。

それを肌の上に直接絞《しぼ》り出して、魔法陣を描くだけなのだ。

「勇者様（本物）、お手を借りてもいいでしょうか？」

「ああ」

籠手《ガントレット》を外した勇者様（本物）の手を握り、魔除《まよ》けの魔法陣を描いていく。

彼女の手はごつごつしていて、手のひらはガサガサで皮膚《ひふ》が厚い。

女性のものとはとても思えない。

勇者で在《あ》るために、相当な努力を積んだのだろう。

「勇者様（本物）、ヒリヒリしたり、熱くなったり、していませんか？」

「平気だ。続けてくれ」

「わかりました」

最後に呪文を唱えた。

「——刻め、ヘナよ《メヘンディ》！」

魔法陣が淡く光る。手巾《しゅきん》でヘナを拭《ぬぐ》うと、勇者様（本物）の手の甲《こう》に魔法陣がしっかり刻まれていた。

「おお、これはすごいな」

「効果があるといいのですが」

続いて、賢者《セージ》も手を差し伸べてくる。

「魔法使い、私にもそれを施してくれる？」

「もちろんです」

賢者《セージ》にもヘナの魔法陣を描き、魔法で刻み込んだ。

「ふうん。すごいじゃない。これ、ここの霧に効果があるわ」

「たしかに。頭がスッキリしたような気がする」

「あなた、よくこんなものを知っていたわね」

「……昔、本で読んだことがありまして」

すべての薬草に詳《くわ》しいわけではないことはしっかり伝えておく。

私の知識は偏《かたよ》っているのだ。

薬草全般についてならば、魔法学校に通っていた勇者様のほうが詳しいだろう。

私やぶーちゃんにも、ヘナの魔法陣を書いておいた。

これで霧の影響を受けなくなるだろう。


それから先は霧の影響を受けなかったものの、強力なモンスターに遭遇してしまう。

バジリスクやサラマンダー、コカトリスなど、モンスター図鑑でしか見たことがないようなものばかりである。

けれども大抵《たいてい》は勇者様（本物）の一撃《ワンパン》か、賢者《セージ》の魔法で倒してくれる。

勇者様（本物）は銀色の美しい剣を持っていて、振るうたびに流れ星のような残像が見える。

賢者《セージ》は無詠唱《むえいしょう》で、上位魔法を連発していた。

しょっちゅう死ぬ勇者様や、私とは大違いである。

これが正規の勇者パーティなんだ、と感動を覚えてしまった。

先ほども、上空から襲《おそ》ってきたハーピーの群れを、瞬《また》く間に倒してしまった。

「いやはや、みなさん、さすがです！」

私は事前に大噴火《イラプション》しか使えないと説明していたからか、ハーピーに襲撃された瞬間、勇者様（本物）から「どこが安全な場所に隠れているように！」と指令が飛んできたのだ。

ほどよい草木の茂みに潜《ひそ》んでいて、戦闘が終わるとのこのこ出ていく、ということを繰り返していた。

「それにしてもあなた、よく大噴火《イラプシヨン》のひとつだけでここまで旅してこられたわね。大したものだわ」

「運がよかったのでしょう……」

岩漿《マグマ》を噴《ふ》き出させる大噴火《イラプシヨン》は、火が燃え移る心配がない場所でのみ使うものらしい。今いるような自然豊かなエリアでは使わないのが普通だと言われてしまった。

「もしも燃え移ったときは、どうしていたのよ？」

「イッヌがおしっこで消してくれてたんです」

「なんですって⁉」

その言葉は聞き返したのではなく、何をバカなことを言っているのか、という強い非難が込められたものだったのだろう。

「魔法の火をそんなもので消すなんて」

「信じられないですよね」

「それよりもあなた達のパーティ、まだ変な生き物がいるの？」

「はい。イッヌという、ミニチュア・フェンリルがいます」

「ミニチュア・フェンリルですって⁉　そんなの聞いたことがないわ‼」

私も初めて目にしたのだが、千里眼《クレアボヤンス》がミニチュア・フェンリルだと示したのだ。

この能力がなければ、私もイッヌはフェンリルの仔犬だと思っていただろう。

「勇者様はイッヌのことを仔犬だと信じて疑っていないので、ミニチュア・フェンリルだと言わないでくださいね」

「ああ……なんだか頭が痛くなってきたわ」

それに関しては、私も完全同意である。

勇者様と出会ってからというもの、頭が痛くならない日はなかったといっていいだろう。

「賢者《セージ》、魔法使い殿、ぶーちゃん、先へ進もうか」

「ええ」

「わかりました」

『ぴいい』

ずいぶんと歩いたような気がする。

ここまで深い所にやってくるのは初めてだ、と勇者様（本物）も話していた。

「地図によれば、あと少しで迷いの森を抜けるそうですよ」

「あなた、地図なんか持っていたの？」

「あれ、言ってませんでしたっけ？」

「初めて聞いたわ!!」

大森林全体をざっくり書いただけの地図なので、迷いの森では役に立たないと思い、鞄の中にしまっていたのだ。

勇者様（本物）と賢者《セージ》に現在地を指し示すと、少しホッとしたような表情を見せていた。

「もうちょっとだけ、頑張ろう」

「ええ」

勇者様（本物）や賢者《セージ》と出会えてよかった。私とぶーちゃんだけだったら、モンスターとの戦闘で苦戦していただろう。

それから少しだけ歩くと、開けた場所に出られた。

「やっと迷いの森を抜けてきたのね」

賢者《セージ》は地面にナイフで何かを刻み、血を一滴垂らしていた。

「あの、賢者様《セージ》、それは何ですか？」

「転移陣よ。この先で何かあったら、ここに戻ってこられるようにしているの」

「なるほど」

賢者《セージ》ともなれば、このようなことができるのだ。

毎回、金の力で転移の魔法巻物《スクロール》を買っている私達とは大違いである。

「さあ、勇者、先に進みましょう」

「いや、待て」

『ぴぃいいいい……！』

勇者様（本物）とぶーちゃんが、警戒《けいかい》していた。

どうやら〝何か〟がいるらしい。

「モンスターなの？」

『ぴぃっ‼』

「下だ‼」

地面がボコッと大きく突起《とっき》し、手や足が生えてくる。

草木を生やした巨大なモンスターは、フォレスト・ゴーレムだ。

『グオオオオオオ‼』

雄叫《おたけ》びをあげると、地面が揺れる。

「なっ――森のゴーレムなんて初めて見たわ」

「戦闘態勢を取れ！」

勇者様（本物）は銀色の剣を引き抜き、フォレスト・ゴーレムに斬《き》りかかる。

けれども体に生やした草を刈《か》ることしかできなかった。

ぶーちゃんも蹄で一撃入れたようだが、ガコン！　と手応《てごた》えのないような物理音が鳴るだけであった。

「勇者、魔法使い、ぶーちゃん、下がりなさい」

「ああ」

「はい」

『ぴいい』

勇者様（本物）と私とぶーちゃんが後退するのと同時に、賢者《セージ》が魔法を放つ。

「──炎の嵐《ファイアストーム》!!」

賢者《セージ》は火属性の中位魔法を、詠唱もなく発現させる。フォレスト・ゴーレムの周囲に炎の嵐が渦巻《うずま》いたが、これも草木を焼くばかりだった。

フォレスト・ゴーレムは炎をまとった状態のまま、襲いかかってくる。

「ちょっと！　草属性のモンスターは火に弱いのがお約束でしょう！」

私もそう思っていたが、このフォレスト・ゴーレムも強化されているのかもしれない。

千里眼《クレアボヤンス》を使って見てみる。

名前：アイアン・ゴーレム
才能《ギフト》：猛烈パンチ
「こ、これは！　大変です。このモンスターはフォレスト・ゴーレムではありません。アイアン・ゴーレムです！」

地中深くに埋められ、体の隙間《すきま》から草木を生やしてしまったのだろう。

「待って！　鉄だったら、火属性はそこまで効果がないはず」

物理攻撃にも、強い耐性を持っているだろう。炎の嵐《ファイアストーム》と同じような大噴火《イラプシヨン》程度の熱では、アイアン・ゴーレムには効果がない。

「賢者《セージ》、私とぶーちゃんがアイアン・ゴーレムを引きつけておくから、何か魔法で止《とど》めを刺してくれ！」

「え、ええ、わかったわ。でも、鉄のモンスターなんて初めてで……」

『グオオオオオ‼』

勇者様（本物）とぶーちゃんの攻撃の連続攻撃を受けていたアイアン・ゴーレムは、突然地中に潜る。足の裏にドリルのようなものを持っていて、あっという間に姿を消した。

アイアン・ゴーレムが掘った地面を覗き込んだが、深く長い穴になっているようだ。

穴は最初、垂直に伸びていて、とてもあとを追えるようなものではない。

「どこだ⁉　どこにいる⁉」

勇者様（本物）の声に応《こた》えるように、アイアン・ゴーレムが地中から飛びだしてきた。

ただし、勇者様（本物）の前でなく、賢者《セージ》のすぐ目の前に。

「きゃあ‼」

アイアン・ゴーレムは拳《こぶし》を挙げ、勢いよく賢者《セージ》へ突き出す。

危ない！　そう思った瞬間には、アイアン・ゴーレムと賢者《セージ》の前に飛びだしていた。

「なっ⁉」

アイアン・ゴーレムの才能《スキル》、猛烈パンチが私の頬《ほお》にめり込む。

言わずもがな、一撃必殺《ワンパンキル》だった。

「きゃあああ!!」

「魔法使い殿!!」

『ぴいいいいい!!』

皆の悲鳴を聞きながら、意識が遠のいていく。口の中には血の味が広がっていった。

勇者様（本物）と旅する中で初めての死である。

敵：アイアン・ゴーレム

死因：魔法使い↓才能《ギフト》〝猛烈パンチ〟による撲殺《ぼくさつ》。

概要：猛烈パンチ・・・成功率は低いものの、当たると必ず死ぬ。

◆

すんすん、すんすんと誰かがすすり泣きしているような声で目を覚ます。

「ううん……」

「ああ、目が覚めたか」

勇者様（本物）の声で、意識が完全に覚醒《かくせい》した。

瞼《まぶた》をそっと開くと、涙をポロポロ流す賢者《セージ》と目が合った。

「あ――」

「あなた、大丈夫なの⁉」

「ええ、まあ」

ぶーちゃんが私に近づき、頬ずりしてくれる。

のろのろとした動きで起き上がったら、賢者《セージ》が私を抱きしめた。

「あなた、大バカ者よ！　なんて私なんかを庇《かば》ったの⁉」

「いえ……ご説明できるような他意はないのですが」

「そういうの、二度としないで‼」

抱きしめながら怒られるという、これまで感じたことのない感情をぶつけられる。

離れようとしたら、小さな声で「ありがとう」と囁《ささや》いてきた。

賢者《セージ》を庇ったのは私が勝手にやったことで、お礼を言われるとは思わなかった。

ここでやっと、周囲を見渡す。

辺《あた》りは霧がかっていて、迷いの森に戻ってきたことがわかった。

「あの、アイアン・ゴーレムは？」

「倒していない。ここまで逃げてきたんだ」

「なるほど」

勇者様（本物）が私の遺体を担《かつ》ぎ上げ、全力疾走《しっそう》したらしい。

あとを追いかけられたようだが、なんとか逃走に成功したようだ。

「一度教会で死者蘇生《レイズデッド》をしたほうがいいだろうと思ったのだが、ぶーちゃんがレイズ点薬を使うように言ってきて」

守護薬草を使ったヘナを施していたおかげで、私の遺体は損傷が激しくなかったらしい。そのため、レイズ点薬での蘇生で間に合ったようだ。

勇者様（本物）は私の肩を掴《つか》み、まっすぐな瞳《ひとみ》を向けながら言った。

「今後は、誰かを庇う、という行動は取らないでほしい。自分のせいで仲間が死ぬというのは、胸が引き裂かれるほど辛《つら》いものだから」

「はい、わかりました」

賢者《セージ》をここまで泣かせてしまったのは、私が愚《おろ》かな行動を取ったせいである。

本当に申し訳ないことをした。

「それにしても、迷いの森から先はあのアイアン・ゴーレムを倒さないと進めないのだろうな」

「ええ、そうね」

いったいどうやって勝てばいいものか。

ゴーレムはたいてい、体内に魔力の核《コア》を持ち、それを生命の源《みなもと》としている。

核《コア》さえ破壊すれば倒せるのに、強固な体を持つアイアン・ゴーレムはそれが難しい。

「アイアン・ゴーレムに弱点なんてあるのかしら？」

「そうだな……」

熱に耐性があり、物理攻撃にも強いアイアン・ゴーレムに弱点があるようには思えなかった。

どうしたものかと考えていたら、ぶーちゃんが私の鞄を探り始める。

「ぶーちゃん、どうかしたのですか？」

『ぴい、ぴいい！』

ぶーちゃんはナイフを咥《くわ》えてきた。

「それは──」

以前勇者様に貸して、数日後に切れなくなったと言って返されたものである。

ナイフの状態を見てみると、錆《さ》びていたのだ。

なんでも水に浸《つ》けたまま一晩放置し、拭わずにそのまま鞘《さや》に入れたらしい。

おかげで、切れないナイフになってしまったわけである。

それを見た賢者《セージ》がハッとなった。

「錆《さび》……そうよ、錆よ！」

「錆がどうかしたのですか？」

「アイアン・ゴーレムを魔法で錆びさせるの。そうすれば、動きも鈍《にぶ》くなるし、鉄の強度も下がるはず」

「ああ、なるほど！」

ぶーちゃんのおかげで、アイアン・ゴーレムと戦う術《すべ》を思いついた。

とてつもなく賢《かしこ》く、偉いと褒《ほ》めると、ぶーちゃんは誇らしげな様子で『ぴい』と鳴いた。

先ほど賢者《セージ》が描いた魔法陣を通じて転移したら、アイアン・ゴーレムがいる場所まで戻れるらしい。

「皆、準備はいいか？」

「もちろん」

「はい」

『ぴい！』

賢者《セージ》が転移魔法を唱えると、一瞬にして景色が変わった。

私達が現れるなり、アイアン・ゴーレムが地面から這《は》いでてくる。

『グオオオオオオオ!!』

すぐに勇者様（本物）とぶーちゃんが注意を引きつける。

賢者《セージ》はすぐに魔法を繰りだした。

「――高波《タイダルウェイブ》よ!!」

海水の波がアイアン・ゴーレムを襲う。

錆びやすいように、ただの水ではなく海水の水魔法を選んだようだ。

賢者《セージ》は続けて魔法を繰りだす。

「――竜巻《サイクロン》!!」

風が巻き上がり、アイアン・ゴーレムの全身を乾燥させていく。

『オオオオオ!!』

連続攻撃を受けたので、アイアン・ゴーレムは地面に潜ろうとした。

けれどもぶーちゃんがスライディングをして妨害する。

アイアン・ゴーレムはその場にバタンと音を立てて転んだ。

間髪《かんはつ》入れずに、賢者《セージ》は同様の魔法を繰りだしていく。

しだいに、アイアン・ゴーレムの体が錆びて茶色く変色していった。

そんなアイアン・ゴーレムに、勇者様（本物）が一撃入れる。

すると、腕がポッキリ折れてしまった。

『グオオオオオ！！！』

やはり、錆びというのはアイアン・ゴーレムにとって大敵だったらしい。

あんなに硬《かた》かった体に、ダメージを与えることができるようになった。

ぶーちゃんが跳び蹴《と　げ》りを入れると、アイアン・ゴーレムの体がバラバラになる。

勇者様（本物）が核《コア》を剣で突き刺すと、動かなくなってしまった。

「やったか……」

「ええ、そのようね」

なんとかアイアン・ゴーレムに勝利することができた。

賢者《セージ》はその場にぺたんと座り込む。

勇者様（本物）も天を仰《あお》ぎ、ため息を吐いていた。


迷いの森を抜けると、澄《す》んだ晴天が広がっていた。

これまでどんよりとした不気味な森だったのに、爽《さわ》やかな雰囲気《ふんいき》に変化している。

「これは、世界樹がある最深部が近い、ということなのでしょうか？」

「おそらく、そうなのでしょうね。でも――」

「でも？」

「なんだかおかしいわ」

どこがおかしいというのか。心地よい暖かな風が吹き、小鳥のさえずりも聞こえてくる森の中だと言うのに。

「大森林に入ってからずっと思っていたんだけれど、ここには〝メルヴ〟の気配がないわ」

「メルヴって、あの有名な薬草のメルヴですか？」

薬師《ケミスト》の才能《ギフト》を持つ者が口を揃《そろ》えて世界一の薬草だ、と絶賛するメルヴ草は、実在するかもわからない幻《まぼろし》の薬草とも言われている。

大森林内に自生している、という話を修道女《シスター》がしていたような。

「メルヴは薬草じゃないわ。大森林を守護する大精霊よ。一般的に知れ渡っているメルヴ草は、メルヴから引っこ抜いたものなの」

「そ、そうだったのですね！」

通常、世界樹の近くにはメルヴがいて、悪《あ》しき者から守護しているという。

そんなメルヴの気配を、大森林の中でもまったく感じないようだ。

「世界樹を見たことがあるお祖父《じい》様の話だと、メルヴの気配は暖かな陽《ひ》だまりのようで、大森林に入っただけで感じることができるだろう、ってことだったの」

世界樹が枯れかけ、大森林内に多くの冒険者が入っているため、メルヴの気配を感じられないのではないか。賢者《セージ》はそういうふうに考えていたらしい。

「でも、これだけ近づいているのに感じないというのは、おかしいことだわ」

勇者様（本物）は顎《あご》に手を当てて、物憂《ものう》げな様子である。

「世界樹だけでなく、メルヴの身にも何かあった、ということなのだろうか？」

「そうだとしか思えないわ」

メルヴが不在ならば、世界樹は、あっという間に脅威《きょうい》にさらされてしまう。

早く世界樹のもとに行き、状況を確認しなければならないだろう。

「先を進みま——あら？」

「賢者《セージ》よ、どうかしたのか？」

「いえ、あっちの木の陰《かげ》から女の子が顔を覗かせていたの」

「なんだと？」

身長は私と同じくらいで、年齢は十二、三歳くらいだという。

賢者《セージ》と目が合うと、回れ右をして逃げて行ってしまったようだ。

「魔法使いみたいに幼《おさな》い子がどうしてひとりでいるのかしら？」

「あの、私、十八歳なんですけれど」

「あら、ごめんなさい。思っていた以上に大人だったのね」

勇者様（本物）は明後日《あさって》の方向を見ていた。おそらく彼女も私を十代前半くらいに思っていたのだろう。

「どこかのパーティメンバーかもしれないな。少し前に耳にした、大森林で行方不明になった少女かもしれない」

「追いかけてみましょう」

そんなことをしている場合か。なんて内心思ったものの、仮メンバーの身なのであれこれ言える身分ではないのだ。

話を聞いたところ、大森林内では仲間とはぐれたまま、発見されていない冒険者が大勢いるらしい。

教会はその責任は取らず、放置しているようだ。

冒険者のパーティに、年若い少女がいるというのも実は珍しくない。

貴重な才能《ギフト》を持っていたら、年齢に関係なくスカウトされるのだ。

ひとまずぶーちゃんと共に、勇者様（本物）と賢者《セージ》のあとに続く。

なんというか、ふたりの背中を見ながら思う。

勇者様に比べて、善良な人達だ。これまで旅をしていて、悪い人達に騙《だま》されたりしなかったか心配になるくらいに。

これが勇者様だったら、森の中で少女を発見しても、「おそらく見間違いだな」とか言ってスルーしそうだ。

少女が走って逃げた先を辿《たど》ってみると、湖に行き着く。

ぼんやり霧がかっていて、少し不気味だった。

『ぴぃぃ!!』

ぶーちゃんが驚いたように飛び上がる。

どうしたのかと思えば、湖のほとりにたくさんの人骨が転がっていた。

剣や盾《たて》などの装備も散らばっている。

いったいどういうことなのか。

「いないな」

「見間違いだったのかしら？」

「そうですよ、きっと」

大森林に入ってからというもの、一度も食事をしていない。元の場所に戻って、何か食べよう。そう提案しようとした瞬間、静かだった湖に水紋《すいもん》が浮かび上がった。

続けて水柱が上がり、中から女性のシルエットが浮かび上がる。

『ぴ、ぴいいい！』

「え、何？」

「これは――！」

上半身は美しい少女、下半身はアザラシ――マーメイドではなく、あれはセルキーだ。

『キイイイイイン!!』

耳をつんざくような鳴き声をあげる。思わず耳を塞《ふさ》いだ。

「どうやらセルキーを少女と見間違えたようだな」

「さ、最悪!!」

どうやら私達は騙されたらしい。

少女の姿で冒険者を引きつけ、襲いかかるという手口を使っていたのだろう。

転がっていた人骨は騙された冒険者達に違いない。

勇者様（本物）は銀色の剣を引き抜き、セルキーに斬りかかる。

セルキーは湖の水を操《あやつ》り、盾のようなものを作った。

勇者様（本物）は飛び上がると、空中で体を捻《ひね》り、湖のほとりに着地する。

水面にいるセルキーとは戦いにくそうだ。

「勇者、私が氷魔法で足場を作るわ」

「賢者《セージ》、頼む」

彼女はこういうサポートもできるのか。さすが賢者《セージ》である。

「──凍れ《フリーレン》！」

賢者《セージ》が手をかざすと、湖全体がみるみるうちに凍《こお》っていく。

まさかの状況に、セルキーも驚いたようだ。

尾で氷を割り、湖の中へ逃げてしまう。

「逃がしたか」

勇者様（本物）は剣を構えたまま、警戒する。

「どうする？　このまま見逃すこともできるけれど」

「いや、私達がここで倒さなかったら、新たな被害者が出てしまうだろう」

ここで、私は遠慮がちに挙手した。

「あのー、私のバカのひとつ覚えを披露《ひろう》してもいいでしょうか？」

その言葉に、賢者《セージ》がハッとなる。

「いいわ。やってしまいなさい」

「わかりました」

私にも活躍の場が与えられ、セルキーには感謝の気持ちしかない。

思う存分《ぞんぶん》、揮《ふる》わせていただく。

「――噴きでよ、大噴火《イラプション》！」

魔法陣は湖の底にできたようで、凍った水面がほのかに輝く。

次の瞬間、岩漿《マグマ》が噴きでてきた。

水面の氷は一瞬で溶け、湖全体が沸騰《ふっとう》したようにボコボコ泡立《あわだ》つ。

湖の中を泳いでいたセルキーは、慌《あわ》てた様子で水面から飛びだしてくる。

それを、勇者様（本物）は見逃さなかった。

素早い一撃が、セルキーを襲う。

『キイイイイン！！！』

セルキーは息絶え、湖に沈んでいく。

不意打ちの戦闘だったものの、なんとか勝利できた。

戦闘後、勇者様（本物）は私に向かって深々と頭を下げた。

「魔法使い殿、すまなかった。私が少女を追おうと言ったせいで、危険に巻きこんでしまった」

「今回に限っては、セルキーを女の子と見間違った私も悪かったわ」

まさか、ここまで謝られるとは思わなかった。

どこかの勇者様にも、間違ったら素直に認めて謝罪するということを覚えてほしい。

「謝らなくても結構ですよ。どの道セルキーがいたら、騙されて死んでしまう冒険者が増えるだけでしたから」

行方不明になった者には、こうして誰にも発見されずに死んでいった者もいるのだろう。

勇者様（本物）は湖のほとりに転がっていた人骨を、地面に穴を掘って埋めていた。

私とぶーちゃんもお手伝いをする。

賢者《セージ》も一緒にやりはじめたので、驚いてしまった。

「何よ、じっと見つめて」

「いえ、こういうの、嫌がるかと思っていました」

「人骨は放っておくと、人骨戦士《スケルトン》になるの」

人がモンスター化するきっかけは、この世への未練らしい。

「ある一定期間月明かりを浴びて、魔力が満ちると、モンスターになってしまうのよ」

「恐ろしい話です」

こうして丁寧《ていねい》に弔《とむら》っておけば、モンスター化も回避できるようだ。

最後に聖水をかけておけば、魔除けにもなるという。

賢者《セージ》は魔法で水球を作りだし、中に石鹼《せっけん》の欠片《かけら》を入れる。その水球に風魔法を加えると、渦《うず》のようにくるくる回り始めた。

そんな水球に手を入れると、汚れがきれいに落ちていく。

「おお！　便利な魔法ですね」

「あなたも使う？」

「はい」

賢者《セージ》は勇者様（本物）と私の分も水球を作ってくれた。おかげさまで、手がすっかりきれいになる。

「これ、お風呂とかにも活用できないですか？」

「やったことないけれど、試してみる価値はありそうね」

体や頭を洗うのは地味に大変なのだ。これがあれば、一瞬できれいになるだろう。

ぶーちゃんは全身泥《どろ》だらけだったので、丸洗いしてもらっていた。

水球から出たあとも、風魔法で体を乾かしてもらったようだ。

『ぴいいいい～～！』

清潔な体になったのを喜んでいるのか、ぶーちゃんは嬉しそうな鳴き声をあげていた。

ひとまず、元の道に戻り、ひと休みしようと提案する。

「少しお腹《なか》も空《す》きましたので」

食事について口にすると、勇者様（本物）と賢者《セージ》はズーンと暗い表情になる。

「お腹、空いていませんか？」

「いや、空いている」

「さっきからお腹がぐーぐー鳴っているわよ」

それなのになぜ、気が進まない表情を見せたのか。

とりあえず敷物を広げる。賢者《セージ》はモンスター避けの結界を張ってくれた。

「魔法使い殿、その、食事といえばこれしかなくて……」

勇者様（本物）が申し訳なさそうに取り出したのは、干し肉であった。

「それ、とってもまずいの」

「ただ、持ち歩ける食料といったら、これしかなくて」

勇者様（本物）ご一行も、回復師がいるときは豪勢な料理を食べていたらしい。

「彼女と出会う前は、ずっとこの干し肉を食べていたんだ」

「でも、あの子の手料理を知ってしまったら、こんな干し肉なんて食べられたもんじゃないって思ってしまったのよね」

勇者様と同じように、回復師と旅をするようになって、舌《した》が肥《こ》えてしまったようだ。

その気持ちは大いにわかる。

「あの、私、そこそこおいしい携帯食を持っているんです。よろしかったら一緒に食べませんか？」

いったい何を持っているのか、と勇者様（本物）と賢者《セージ》は興味津々《しんしん》な様子だった。

「こちらは圧縮パン。開封すると同時に、焼きたてのパンみたいにふかふかになるようです」

開封した瞬間、パンがふんわりと膨《ふく》らむ。袋の中には丸いパンが四つも入っていた。

「おお、なんだこれは！」

「あんなぺしゃんこだった袋から、ふかふかのパンが出てくるなんて不思議だわ！」

続けて、湯で溶くスープを紹介する。

「おふた方はカップとかお持ちですか？」

「ええ、あるわ」

「私もだ」

スープの粉末をカップに注ぎ、賢者《セージ》が魔法で出してくれた湯を注ぐ。

すると、あっという間にスープが完成した。

「す、すごいわ！」

「本当にスープができている！」

「えーっと、そんなわけで、よろしければ召し上がってください」

勇者様（本物）と賢者《セージ》は、瞳をキラキラしながら頷いていた。

さっそく、圧縮パンをいただいてみる。

紙のような薄さまで押しつぶされていた物だが、いったいどのような食感と味わいなのか。

一口大に千《ち》切《ぎ》ってみると、表面はカリカリ、中はふんわりしていることがわかった。

食べてみると、小麦の豊かな香りが口の中に広がる。

とてもおいしいパンだった。

勇者様（本物）や賢者《セージ》も、パンを食べて驚いていた。

「これが携帯食だなんて」

「本当に驚いた」

スープも飲んでみる。

漉《こ》したトウモロコシとミルクを混ぜて作ったポタージュであった。

スプーンなどはないので、そのままカップを傾けて飲む。

味わいは濃厚で、高級食堂で出されるものと大差ない。

「このスープも絶品だ！」

「どうしてこんなにおいしいの⁉」

どちらもお口に合ったようで、ペロリと完食したようだ。ぶーちゃんもパンと乾燥野菜を食べ終え、お皿代わりにしていた葉っぱの端で口を拭っていた。

「こんなにおいしい携帯食があるのね！」

「どこで買ったんだ？」

「貴族御用達《ごようたし》の道具屋です」

そして値段を言った途端《とたん》に、勇者様（本物）と賢者《セージ》が表情を曇《くも》らせる。

「あの、どうかしたのですか？」

「いや、私達の旅の資金はそこまで多くなくて」

「国王陛下から支給されているんだけれど、旅にお金はかかるもので、ぜんぜん足りないのよ」

魔王から世界を救おうとしている勇者様（本物）ご一行なのに、満足な支援金を与えていないなんて。

「もっと増やしてくださいとか、言わないんですか？」

「いや、国には困っている者達が大勢いるからな。贅沢《ぜいたく》な旅をするわけにもいかないのだよ」

勇者様に百万回は聞かせたい言葉である。

まあ私も、これでもかと勇者様のご実家のお金で豪遊しているわけだが。

勇者様（本物）が裕福なお生まれだったらよかったのに……。

天は二物を与えないのだろう。

「あの、よければこの携帯食、みなさんで召し上がってください」

「いいのか?」

「はい。私は勇者様のお金を使って、いつでも買えるので」

「そうか。感謝する」

少しでもおいしい物を食べて、強くなってほしい。

そう願ってしまった。


どうやら着実に、世界樹のもとに近づいているらしい。

景色は緑豊かな美しい森、といった雰囲気で、どこにもその姿は見えないのだが。

その理由について、賢者《セージ》が説明してくれる。

「世界樹は高濃度のマナに包まれているの。それが結界のようになっていて、肉眼では見えないようになっているのよ」

「なるほど。そういうわけでしたか」

世界樹のもとへは、普通の人やモンスターであれば接近すらできないらしい。

「その結界を、普通ではない魔王がくぐり抜けてしまった、と」

「ええ。モンスターのおかしな行動も、魔王が世界樹の力を使ってやったに違いないわ」

もしも魔王と世界樹を繋ぐ魔法が存在するならば、賢者《セージ》は壊すつもりらしい。

「世界樹はこの世の柱であり、礎《いしずえ》で、その力を奪おうだなんて、絶対に許さないんだから！」

賢者《セージ》の熱い想いを聞き、この世界に生きる人々も捨てたものじゃない、と思ってしまった。

こういう人達にもっと早く出会っていたら、私の人生も別のものになっていたのだろうか？

いいや、そんなわけはない。

きっと運命は生まれたときから決まっているのだろう。

人々に〝才能《ギフト》〟が与えられているように……。

「そういえば、賢者様《セージ》はどうやって勇者様（本物）と出会ったのですか？」

「私達のなれそめが気になるの？」

賢者《セージ》は頬を赤く染め、少し照《て》れた様子で聞き返してくる。

さすがの勇者様（本物）も聞き捨てならなかったのだろう。口を挟《はさ》む。

「賢者《セージ》、なれそめではないだろう？」

「言葉の深い意味なんてどうでもいいじゃない」

そうだろうか？　と勇者様（本物）は首を傾《かし》げている。

しっかり強めに言っておかないと、賢者《セージ》は勇者様（本物）がいない場所でも言ってしまうような気がするのだが。勇者様（本物）はあまりにも人が善《よ》すぎる。心配になるくらいに。

「それで、勇者との出会いについてだったわね。あれはジリジリと日照りが続く日のことだったかしら――」

ロマンチックな話なのか。賢者《セージ》はうっとりしながら話し始める。

ある日、賢者《セージ》はハイエルフの長老より、魔王が人間達にもたらした被害について調査するように命じられたらしい。

賢者《セージ》はしぶしぶ、イヤイヤといった感じで調査を始めたようだ。

「当時の私は魔王なんて掃《は》いて捨てるほど現れるし、人間なんて滅びたらいいと思っていたの」

なかなか過激な考えを持っていたようだ。

賢者《セージ》は生まれてから一度も村の外には出なかったようで、人間に対し苦手意識があったらしい。

「初めて人里に下りたんだけれど、人間ったら、ジロジロ私を見るの！」

ハイエルフの年若く美しい乙女《おとめ》の姿が珍しかったのだろう。不躾《ぶしつけ》な視線に晒《さら》され、二度と街には近づかないと心に誓《ちか》ったらしい。

「それからは、私はエルフらしく、湖で魚を釣り、森でウサギを狩り、木の実を食べつつ、調査を続けていたわ」

問題は王都周辺での調査だったらしい。

「最悪だったの‼　湖の水は汚くて魚はまずいし、森の獲物《えもの》は貴族が狩り尽くして見つからないし、木の実は腐った味がするし‼」

川の水も汚染されていて、お腹を壊したらしい。

「ここまで徹底的に環境を悪くした人間に対して憎《にく》しみが募《つの》ってしまって……」

その頃、賢者《セージ》は王都の郊外に野営をしていたらしい。

ハイエルフが野宿をして暮らしている。そんな噂《うわさ》が王都で広まり、様子を見にやってくる人間があとを絶たなかったようだ。

「腹が立った私は、興味本位で私に近づく人間どもを滅してやろうと思ったわけ」

下心ありきで賢者《セージ》に近づいたので、被害を受けた人々は騎士隊には通報しなかったらしい。

けれども王都の郊外に凶暴なエルフが出現する——という怪談のような話が広まったようだ。

「そのエルフはもしや魔王ではないか、って囁かれていたようで、噂話を聞いた勇者が私を倒しに来たのよ」

出会った瞬間、勇者様（本物）は賢者《セージ》が魔王ではなく、変わり者のハイエルフだと気づいたらしい。

何か事情があって野営をしているのだろうと察し、賢者《セージ》に向かって「これまで大変だっただろう」と優しく声をかけたのだとか。

「初めて人間に優しくされて、思わず鼻血を噴いてしまったわ……」

なかなかとんでもない初対面だったわけだ。

もちろんロマンチックさなんて欠片もない、血にまみれた出会いである。

「それから私達の最終目的が魔王だってことがわかって、一緒に旅を始めたの」

途中で回復師と出会い、今に至《いた》るという。

「人間って大嫌いだけれど、すべての人間が愚かってわけじゃないから、今は少しだけ苦手意識も薄くなったわ」

「はあ、それはようございました」

「あなたのことも、まあ、嫌いじゃないわよ」

「光栄の至りでございます」

人間嫌いでツンケンしている賢者《セージ》の心の壁を、勇者様（本物）はたった一言で壊してしまった。相当な人誑《ひとたら》しなのだろう。

「あなたと偽勇者も恋仲だと思っていたんだけれど、違うのよね？」

「ええ、ぜんっぜん違います。勇者様と恋をするなんて、天と地がひっくり返るくらいありえないことです」

「そこまで言わなくても……」

恋とはなんなのか、それすらもよくわかっていない。

役立たずで空《から》っぽな私には、一生縁《えん》がないものだろう。

そう確信していた。

「そういえば、先ほどの大噴火《イラプション》は見事だった」

突然勇者様（本物）から褒められ、なんとも言えない気持ちになる。

「さすが、孜孜忽忽《ししこつこつ》の才能《ギフト》から繰りだされる魔法だ」

何やら難しい言葉で褒めてくれているようだが、意味はよくわからない。

「あなたの作戦には脱帽したわ。まさか、湖の底で大噴火《イラプション》を使って、セルキーをやっつけるなんて。私達ではとても考えられないことだったわ。よく、とっさに思いついたわね」

「あれは、焼き石を使った漁から着想されたものなんです」

石を高温になるまで熱し、魚が泳いでいる川に投げ入れる。

すると、一瞬で水温が上昇し、魚が死んでぷかぷか浮かんでくる。

釣りよりも手っ取り早くたくさんの魚を獲《と》る方法だった。

「なるほど。今度水棲《すいせい》系モンスターに遭遇したときは、その戦術を参考にしよう」

「そんなのしなくてもいいわ。あなたには一撃必殺《ワンパンキル》の〝隕石撃《メテオライト》〟があるでしょう？」

隕石撃《メテオライト》――それは勇者様（本物）が一日一回だけ使える必殺剣らしい。

そういえば勇者様も、〝彗星撃《コメット》〟という、生涯《しょうがい》に一度だけ使える必殺剣があると話していた。

勇者様（本物）は隕石撃《メテオライト》を使用しても、日を跨《また》いだら再び使えるようになる。

一方、勇者様の彗星撃《コメット》はたった一回しか使えない。

この辺は本物の勇者と補欠の勇者の格の違いなのだろう。

ちなみに魔王は勇者の才能《ギフト》でしか倒せないらしい。勇者以外の者達の才能《ギフト》は、魔王の前だと無力になるようだ。

「魔王との戦いだって勇者が隕石撃《メテオライト》を使ったら、一撃で死んじゃうじゃない」

「しかし魔王には、〝星蝕撃《エクリプス》〟があるだろう」

星蝕撃《エクリプス》というのは魔王が使う、いかなる攻撃をも食い尽くし、無効化にする秘技である。

何回使えるかは謎に包まれているらしい。

もしも勇者様が隕石撃《メテオライト》を使い、魔王が星蝕撃《エクリプス》でその攻撃を防いでしまったら、勝つ術《すべ》がなくなるようだ。

そんな話をしていると、周囲の空気が変わる。

私だけでなく、勇者様（本物）や賢者《セージ》、ぶーちゃんまでも気づいていた。

「ねえ、勇者」

「ああ、わかっている」

勇者様（本物）は剣を引き抜いたかと思うと、何もない空中に斬りかかる。

キィン！　と音が鳴り、流れ星のような煌《きら》めきが尾を引いた。

目の前の景色がぐにゃりと歪んだかと思うと、人ひとりが通れるくらいの空間が生まれる。

「あの穴の先に行くと、世界樹がある空間へ行ける。すぐに塞がるから、素早く移動するんだ」

まずは賢者《セージ》が通り抜け、勇者様（本物）も続く。

私はぶーちゃんを抱き、手を差し伸べる勇者様（本物）の指先を摑んだ。

転移魔法が発動した瞬間に感じるような浮遊感の後に、地上に着地する。

降り立った瞬間、全身に鳥肌《とりはだ》が立った。

「なっ、こ、これは――⁉」

広がるのは不気味なほどの曇天《どんてん》。

周囲には枯れ果てた黒い森が広がっていて、天を衝《つ》くほどに大きな世界樹には、怪しい黒い蔓《つる》が巻きついていた。

世界樹の葉が雨のようにはらはら舞い散り、今にも枯死してしまいそうな弱々しさがある。

「あの黒い蔓はなんなんだ⁉」

「闇《やみ》魔法――枯渇吸引《ドレイン》よ！」

「なんだと⁉」

世界樹の魔力を奪う闇魔法が常時展開されているらしい。

このままでは、あっという間に世界樹が枯れてしまう。

「急ぎましょう」

「ああ」

私はぶーちゃんを胸に抱いたまま、世界樹を目指した。

だが、簡単には世界樹への接近を許してくれない。

犬系モンスターのガルムの群れが飛びだしてくる。

通常のガルムは黒い毛並みを持っているのだが、ここに出現するガルムは白い毛を生やしていた。

「あれは、氷属性のガルムよ！」

スノー・ガルムと呼ばれ、通常は雪国の深い森の中に生息しているらしい。

空間が歪んでいる大森林だから、出現したのだろうか。

氷属性となれば、弱点は火である。

「魔法使い、ここでは大噴火《イラプション》をどんどん打っていいから！」

「わかりました」

数匹のスノー・ガルムをまとめて岩漿《マグマ》で倒す。

賢者《セージ》は勇者様（本物）の動きを見ながら、火系の上位魔法を繰りだしていた。

「──大爆発《エクスプロード》!!」

突如《とつじょ》として発生した轟発《ごうはつ》に、スノー・ガルムは巻き込まれていく。

あっという間にかなりの数のスノー・ガルムを一網打尽《いちもうだじん》にやっつけていた。

ぶーちゃんは勇者様（本物）のあとに続き、戦闘のサポートをしている。

鋭い蹄でスノー・ガルムの足の腱《けん》を切り、動きを鈍くさせていた。

スノー・ガルムは群れが危機的な状況に陥《おちい》ると、遠吠《とおぼ》えし始める。

すると、新たなスノー・ガルムがどこからともなくやってくるのだ。

「もう、キリがないわ！」

「どうにかしてここを切り抜けたい」

「具体的には？」

賢者《セージ》が勇者様（本物）を責めるように問いかける。

「すまない。願望を口にしてしまった」

戦いながら会話ができる勇者様（本物）と賢者《セージ》はすごい。私なんて意見を述べる余裕なんて欠片もないのに。

大噴火《イラプション》を連発したせいで、周囲の温度がぐんぐん上がっていた。

不思議なことに、周囲の黒い木に火は燃え移らない。いったいどういう構造をしているのか。

「魔法使い!!」

「後ろ!!」

「え？」

背後を振り返る間もなく、ドン!!　という衝撃に襲われる。

それと同時に、私の体は空中に投げだされ、近くにあった黒い木にぶつかった。そのため、まるで金属棒を叩きつけられたようなダメージを負う。

この黒い木は普通の木ではないらしい。

なんて、考えている場合ではなかった。

黒い木に激突した私の体は、ゴロゴロと地面に転がっていく。

起き上がるよりも、鋭い爪《つめ》で押さえつけられるほうが早かった。

白いスノー・ガルムが私の顔を覗き込んでいる。次の瞬間、胸に鋭い痛みが走った。

「かっ――は!!」

爪で切り裂かれたのだろう。けれども何かがおかしい。全身が硬直し、身動きが取れなくなったのだ。

「魔法使い殿!!」

すぐに勇者様（本物）がやってきて、スノー・ガルムを斬り伏せてくれる。

「すぐに魔法薬を！」

勇者様（本物）が手を伸ばしてくれたのに、私の腕は意思に反して上がらない。

パキパキと妙な音が鳴り響く。

これはいったいどういうことなのか。

視線を下に向けると、私の体が凍りついていることに気づいた。

「ああ」

ここで察してしまう。

どうやら私はスノー・ガルムから氷属性の攻撃を受けてしまったようだ。

勇者様が万能薬《パナシーア》を私の口元へと運んでくれる。

けれども口に含む前に、私の全身は凍りついてしまった。

敵：スノー・ガルム
死因：才能《ギフト》〝氷の爪先《アイス・クロー》〟による凍死。
概要：才能《ギフト》〝氷の爪先《アイス・クロー》〟・・・体温を根こそぎ奪い、死に至らしめる妙技。

◆

規則的な振動と頬に触れる風で目を覚ます。

「う……」

瞼を開くと同時に、うつ伏せの体勢のまま、何かに運ばれているのに気づいた。

私が乗っている、この黒くてふかふかした温かい巨大生物はなんなのか。

上体を起こしたいのに、背中を強く押さえつけられてでもいるように動けない。

「勇者様（本物）……賢者様《セージ》……ぶーちゃん」

皆、いったいどこに？

そう口にしようとした瞬間、巨大生物が動きを止める。

『ぴぃ！』

ぶーちゃんの鳴き声が聞こえた。どうやら運ばれているのは私だけではなかったようだ。

「ああ、魔法使い殿、目覚めたか？」

「ねえ、大丈夫なの？」

勇者様（本物）や賢者《セージ》の声も聞こえる。

どうやら思ったよりも悪い状況ではないらしい。

「魔法使い殿、動かないでくれ。私が降ろすから」

「……は、はい」

勇者様（本物）が私を横抱きにして、謎の巨大生物から降ろしてくれた。

すぐに賢者《セージ》が私の顔を覗き込んでくる。

「よかった。レイズ点薬が今回もちゃんと効いたようね」

「あ――」

ここで、私の身に起こった不幸について思いだす。

背後からスノー・ガルムに襲《おお》われ、氷の爪《アイス・クロー》を食らって凍死したのだ。

すぐに賢者《セージ》が私の体を覆った氷を魔法で作った湯で溶かし、レイズ点薬をさしてくれたらしい。

「大変なご迷惑をかけてしまったようで」

「いいのよ。おかげで、あの子も本気を出してくれたし」

賢者《セージ》が指し示したあの子というのは、黒い巨大生物である。

『ぴぃ！』

愛らしく鳴くこの声の主は――ぶーちゃんらしい。

小型犬くらいの大きさだったのに、いつの間にか馬四頭分ほどの大きさになっている。

見た目も勇ましくなっているものの、鳴き声は小さかったときと変わらない。

ただ鳴き声が同じだけで、ぶーちゃんでない可能性もある。念のため質問を投げかけてみた。

「あの、ぶーちゃん、ですよね？」

『ぴぃ！』

ぶーちゃんは短く鳴いて、私の無事を確認するかのように頬ずりしてくる。

「うわっ!!」

あまりの勢いに倒れてしまいそうになったが、勇者様（本物）が背中を優しく支えてくれた。

「ぶーちゃん、その大きさで触れ合おうとしたら、魔法使い殿が吹き飛んでしまうぞ」

『ぴぃいい！』

勇者様（本物）が指摘すると、ぶーちゃんは悲しげな鳴き声をあげ、その体が光に包まれる。

一瞬にして小さなぶーちゃんの姿に戻った。

「ぶーちゃん！」

私が手を広げると、胸に飛び込んでくる。

よしよしと頭をなでてあげた。

「しかしどうして、ぶーちゃんはあの姿に？」

「魔法使い殿が倒れたのを見た途端、ぶーちゃんがスノー・ガルムに対して怒りを露《あら》わにしたんだ」

自《みずか》ら呪いを打ち破って解呪《かいじゅ》すると、元の姿に戻ったようだ。

「出会った当初から、ぶーちゃんが特別な存在であると気づいていたのだが、まさか聖猪グリンブルスティだとは思ってもいなかった」

「神話時代の神聖なる獣《けもの》が、精肉店で売られていたなんて、いったい何があったのよ」

それはぶーちゃんのみが知りうることなのだろう。

私にレイズ点薬を刺したあと、皆、ぶーちゃんに跨がって移動してきたらしい。

「この子ったらすごいのよ。ものすごく速く走れるし、モンスターを踏みつけて倒しちゃうの」

「頼もしい子だ」

『ぴいい！』

ぶーちゃんは誇らしげな様子でいた。

「できればこの先もぶーちゃんに乗って移動したいんだけれど」

「頼めるだろうか？」

『ぴぃ！』

ぶーちゃんは元気のよい鳴き声をあげると、私の胸から飛びだしていく。

空中で回転し、真なる姿へと変化した。

『ぴぃぃぃ』

改めて見ると、とてつもなく大きい。

ぶーちゃんだと知らなかったら、絶対に近づけないだろう。

「失礼」

「はい？」

勇者様（本物）は私を抱き上げ、ぶーちゃんに跨がらせてくれた。

続いて、軽やかな身のこなしで勇者様（本物）も騎乗する。

そのあと、賢者《セージ》にも手を伸ばし、ぶーちゃんの上に乗せていた。

私、勇者様（本物）、賢者《セージ》の順で腰かける。落ちないようにか、勇者様（本物）は私の腰に腕を回し、しっかり固定してくれた。

「準備はできた。出発してくれ」

『ぴぃ！』

ぶーちゃんはゆっくり起き上がると、てぽてぽと歩き始める。

だんだんとスピードを上げていき、ついには全力疾走となった。

「ひ、ひいいい――むご！」

勇者様（本物）が空いている手で、私の口を塞ぐ。

抱き寄せるようにぐっと接近し、耳元で囁いた。

「魔法使い殿、声をあげたら舌を噛《か》むぞ」

こくこくと何度も頷く。

世界樹のもとまで歩いていたら数時間はかかったのだろうが、ぶーちゃんのおかげで早く行き着くことができそうだ。


世界樹に近づくにつれ悪寒《おかん》が酷くなり、吐き気をもよおす。

その原因について、賢者《セージ》曰《いわ》く、魔力が汚染されているとのこと。

生まれたての赤子のように純粋無垢《むく》なはずの魔力が、悪しき力によって穢《けが》れているのだとか。

「それでは、ここに聖司祭《プリースト》を呼んで浄化をしなければならない、というわけですか？」

「いいえ、いくら聖司祭《プリースト》でも、これだけ汚染された魔力は浄化できないはずよ。それができるのは聖女しか――」

聖女と聞いてピンときたものの、モンスターが飛び出してきたのでヒュッと息を呑《の》んだ。

ぶーちゃんは高く跳び上がり、モンスターを踏み潰《つぶ》す。

血や肉が飛び散り、お喋《しゃべ》りどころではなくなった。

それから一歩進むにつれてモンスターが現れる。埒《らち》が明かないとぶーちゃんは思ったのか、超音波のような叫びをあげた。

『ぴいいいいいいいいん!!』

すると、モンスターは苦しみ、血を吐いたあとその場から動かなくなる。

進行を妨害していたモンスターがいなくなったので、ぶーちゃんは風のように大森林を駆けていった。

世界樹の周囲には厚い結界が張られていた。

もちろん世界樹を守るメルヴが施したものではなく、世界樹を悪用している何者かが施したのであろう、邪悪な結界だ。

それを、ぶーちゃんは体当たりだけで壊してしまった。

結界がガラスのようにパラパラと崩《くず》れる中、ついに世界樹のもとへ辿り着く。

勇者様（本物）と賢者《セージ》はぶーちゃんから降り、世界樹を見上げて驚く。

「な、なんだ、これは」

「嘘《うそ》でしょう!?」

世界樹に巻きつく蔓は血管のように赤黒く染まり、ドクドクと鼓動《こどう》していた。

明らかに、先ほどよりも太くなり、強く世界樹に巻きついている。

そんな状態になってしまった世界樹を前に、信じがたい光景を目にしてしまう。

黒い蔓が回復師の首や手足に巻きつき、魔力を吸収していたのだ。

蔓が急成長したように見えるのは、回復師の力を奪ったからなのだろう。

さらに衝撃的なことに、回復師の隣には勇者様の生首《なまくび》がぶら下がっていたのだ。

ぶーちゃんが動こうとしたものの、その体をぎゅっと抱きしめる。

動かないで、とお願いしたら、大人しく従ってくれた。

勇者様（本物）と賢者《セージ》は、勇者様の生首にも気づいたようだ。

「ひっ！」

「なんて残酷なことを！」

勇者様（本物）は「回復師よ、今すぐ助ける！」と勇ましく宣言し、銀色の剣を引き抜く。

賢者《セージ》も魔法を展開した。

「──大爆発《エクスプロード》!!」

賢者《セージ》の火系上位魔法が、蔓に襲いかかる。

世界樹に燃え移らないかヒヤヒヤしたものの、賢者《セージ》は世界樹に守護魔法をかけていたようだ。

二種の魔法を同時に展開するなんて、さすが賢者《セージ》である。

炎が爆《は》ぜたのと同時に、煙が巻き上がった。

強い風が吹き、煙がかき消される。

蔓はどれくらいダメージを負っているのか確認したものの、傷ひとつ付いているようには見えない。

続けて、勇者様（本物）が斬りかかる。

その瞬間、これまで微動だにしなかった蔓が思いがけない行動に出た。

剣を振り下ろす勇者様（本物）の前に、捕らえた回復師を突きだしてきたのだ。

「なっ——⁉」

勇者様（本物）はとっさに体を捻り、攻撃を中断させる。

体勢を変えていたところに、蔓が襲いかかった。

体の均衡《きんこう》を崩している状態だったが、勇者様（本物）は剣で蔓を斬ろうとした。

しかしながら、蔓の表面は粘膜《ねんまく》に覆われているようで、つるりと滑るばかりだ。

「な、なんだ、これは⁉」

剣で斬りかかっても、粘膜に防がれてしまう。

一撃たりとも、ダメージを与えることはできなかった。

「賢者《セージ》、気をつけろ！　粘膜のせいで、攻撃がまともに通じない！」

「そんなわけないじゃない！」

賢者《セージ》は新たな魔法を展開させる。

火系の魔法が防がれてしまったので、今度は氷属性の魔法を展開させた。

「――氷の嵐《アイス・ストーム》」

氷を含んだ強い風が巻き上がる。

世界樹の周囲に生える草花は凍ったものの、蔓はそよそよと揺れるばかりであった。

「なんなのよ、あれ、きゃあ!!」

賢者《セージ》の足に蔓が巻きついた。

彼女の体は綿毛《わたげ》が空を舞うようにふんわりと持ち上がる。

一瞬のうちにたくさんの蔓が巻きついていった。

「ちょっと、どういう――ああああああああ！！！」

耳をつんざくような絶叫が響き渡る。

賢者《セージ》は体を激しく痙攣《けいれん》させ血を吐く。

白目を剝《む》き、動かなくなってしまった。

おそらく蔓が枯渇吸引《ドレイン》、魔力を奪う才能《ギフト》を使ったのだろう。

回復師と同じように、動かなくなってしまった。

「賢者《セージ》!!」

それを目撃した勇者様（本物）が、すぐさま賢者《セージ》を助けに行こうとする。

しかしながら、それは叶《かな》わなかった。

「――かはっ！」

勇者様（本物）の背後から襲いかかった槍のような形状になった蔓に、心臓をひと突きされてしまったのだ。

「あ……！」

背後を振り返る暇《いとま》もなく、たくさんの蔓に体を貫かれてしまう。

勇者様（本物）の体は蔓が持ち上げ、世界樹に貼《は》り付けられた。

まるで、収集品《コレクション》のように美しく飾られてしまったのだ。

みんな、みんな死んでしまった。

もう、私とぶーちゃんしか残っていない。

そんな私達を嘲笑《あざわら》うかのように、目の前で蔓が蠢《うごめ》いていた。

『ぴ、ぴいいい!!』

ぶーちゃんは悲しげな声で鳴きながら、体をぶるぶる震わせる。

私を振るい落としたのだ。

『ぴい、ぴいいいいい!!』

目の前に魔法陣が浮かび上がる。それは、強固な守護魔法であった。

『ぴいいい、ぴい！』

まるで、ここから逃げろ。生き延《の》びるんだ、と言ってくれているような気がした。

「そんな、そんな、ぶーちゃん！　私だけ逃げるわけには――」

『ぴいいいい！！』

いいから行け。そう訴えているように思えた。

膝が震えて上手《うま》く力が入らないが、なんとか立ち上がる。

そうこうしているうちに、蔓がぶーちゃんに襲いかかった。

大粒の雨が降るように、鋭い杭《くい》のような蔓がぶーちゃんの全身に襲いかかる。

『ぴぎいいいいいいいいいいいい！！！！！！』

「ぶーちゃん‼」

蜂《はち》の巣みたいになってしまったぶーちゃんの体も、蔓がするすると持ち上げていき、世界樹に打ちつける。

なんて酷いことをしてくれるのか。

絶望の文字が、脳裏を占拠《せんきょ》する。

「……勇者様達を、死なせるわけにはいかないんです」

〝計画〟を実行するために、ずっと一緒に旅を続けてきたのだ。

それを台無しにさせるわけにはいかない。

蔓が次なるターゲットを私に定める。

視界が真っ黒になるほどの蔓が、目の前に迫った。

そんな光景を目にしながら、これが死の色か、と思う。

絶体絶命の危機が眼前に迫っていた。
もう、助けてくれる仲間は誰ひとりとして生きていない。
けれども今だけは、ただただ都合がよかった。
私の命を刈り取ろうと襲いかかる蔓に向かって、私は言葉を紡《つむ》ぐ。
「――竜巻《サイクロン》」
それは鳥系モンスター、ロックが私に使った才能《ギフト》である。
鎌《かま》のような竜巻《たつまき》が起こり、私の全身をバラバラに切り裂いてくれた。
同じように、私に接近する蔓はぶつ切りにされていく。
次なる蔓が私に迫る。
その蔓をぐっと摑んで叫んだ。
「氷の爪先《アイス・クロー》」
それはスノー・ガウルが私に使った才能《ギフト》である。
全身氷漬《こおりづ》けにして凍死させる、恐るべき技《わざ》だ。
摑んだ蔓はどんどん凍っていき、全体に広がっていった。
このままでは、捕らえられた回復師まで凍ってしまう。それだけは避けたい。
なぜかと言えば、彼女は聖なる者《セイント》の才能《ギフト》を持つ聖女だから。
跳び上がって蔓を思いっきり踏みつけながら叫んだ。

「死の行進《デス・マーチ》！」

それはゴブリンが使った、攻撃対象を死ぬまで踏みつける才能《ギフト》である。

凍った蔓を踏みつけると、バラバラに砕《くだ》け散った。

蔓の上をぴょんぴょん飛び跳《は》ねながら前に進み、世界樹を登っていきながら破壊していく。

ついに回復師のもとまで接近したが、彼女に巻きついた蔓は凍っていなかった。

「風の刃《エアブレイド》」

マジシャン・ゴブリンが使っていた才能《ギフト》で蔓を切り裂き、回復師を救出する。

支える蔓がなくなったので、回復師の体は落下する。と思いきや、不思議な光に包まれ、ゆっくり、ゆっくり降りていった。

その様子を見て、ホッと胸をなで下ろす。

蔓には核《コア》があるようで、そこから蔓がどんどん生まれているようだった。

死の行進《デス・マーチ》を使って蔓を破壊しながら、世界樹を登っていった。

途中、生首状態の勇者様や、磔《はりつけ》状態の勇者様（本物）、賢者《セージ》などが視界の端に映る。今は助けている場合ではなかった。蔓をどうにかするのが先決である。

世界樹の中心部まで辿り着くと、蔓が束になって襲いかかってきた。

竜巻《サイクロン》を全身に纏い、蔓の接近は許さない。

一歩、一歩と近づくにつれて、蔓はバラバラに切り裂かれる。

ついに核《コア》のもとへやってきた。

世界樹にぽっかり空《あ》いた窪《くぼ》み、樹洞《うろ》を占拠するような形で詰まっていたようだ。

私は拳を握って叫ぶ。

「猛烈パンチ!!」

それはアイアン・ゴーレムが使った才能《ギフト》である。

核《コア》に拳を叩き込むと、ヒビが入って割れた。

世界樹に巻きついていた蔓は消滅し、魔力の汚染が止まったようで、周囲の邪悪な結界も消えてなくなる。

ふ――――、とため息を吐いていたら、拳に何か握っているのに気づいた。

それは、芽《め》が出た種《たね》である。

種の大きさは胡桃《くるみ》くらいあるだろうか？

一瞬蔓の種かもしれないと思ったものの、邪悪な気配はいっさい感じなかった。

なんだか大切にしなければならない存在《もの》のように思えて、布に包んで鞄の中にしまっておく。

さて帰ろうか。と思って踵《きびす》を返そうとしたら、微《かす》かに声が聞こえた。

『きゅうううううん』

今にも消えてしまいそうなか細い鳴き声には、聞き覚えがあった。

慌てて樹洞の中を覗き込む。

「もしかして、イッヌですか⁉」

『きゅん‼』

樹洞の中にいたのはイッヌと――勇者様の首から下の体だった。

どうやらここに閉じ込められていたらしい。

『きゅううん！　きゅううん！』

イッヌは涙目で私のもとへと迫り、尻尾《しっぽ》をぶんぶん振って喜びを表している。

「ああ、イッヌだけは生きていたのですね」

『きゅん！』

「それでは、見てしまったのですか？」

『きゅううん？』

みんな死んでいるから大丈夫だと思っていたのに、イッヌは私が才能《ギフト》を使うのを目撃してしまったそうだ。

「イッヌ、これから勇者様を助けてさしあげますが、私の才能《ギフト》、〝因果応報《アンチ・カルマ》〟を見てしまったことは、内緒にしていてくださいね？」

因果応報《アンチ・カルマ》――それは、私を殺した者から才能《ギフト》を奪い、二度と使わせなくした上に、使う際は私が死んだときと同じように敵を〝必ず殺す〟技だ。

ずっとずっと才能《ギフト》について黙っていたのは、悪用されないようにするためだ。

「イッヌ、わかりましたね？　もしも口外したら、勇者様の命は助けないので」

『きゅん！　きゅん！』

賢いイッヌは何度も頷き、秘密を喋らないと約束してくれた。

この樹洞は世界樹の中間に位置する。

勇者様と共にどうやって降りようか。

まずは、勇者様の遺体を地上へ落として――なんて考えていたら、私の目の前に世界樹の木の枝が差しだされる。

まるでダンスに誘うような仕草《しぐさ》だった。

「もしかして、私達を地上へ降ろしてくれるのですか？」

返事をするように、葉っぱがそよそよと揺れた。

勇者様の遺体を樹洞から引っ張りだすと、世界樹の枝が横抱きにするように抱えてくれた。

イッヌを抱いた私も、優しく支えてくれる。

世界樹の枝に抱かれながら、私とイッヌ、勇者様は地上に降り立った。

私達以外にも、勇者様（本物）や賢者《セージ》、ぶーちゃんも降ろされていた。

勇者様の生首も転がっている。

まずは回復師を蘇生させて、皆を回復してもらわなければならないだろう。

イッヌは勇者様の生首と再会したようだが、喜んでいいのか悪いのか、といった様子を見せていた。

さらに、生首と体、どちらの傍《そば》にいるべきか迷っているようで、生首と体がある場所を行ったり来たりしている。

遺体の様子から見て、おそらく死後数時間、といった感じだろう。蘇生も可能なはずだ。たぶん。

まずは、回復師を蘇生させなければ。

彼女は外傷などまったくないので、すぐに生き返らせることが可能だろう。

まずは回復師の瞼をこじ開け、白目にレイズ点薬をさした。

すると、瞳に魔法陣が浮かび上がり、ぱちんと弾《はじ》ける。

「うう……」

回復師はもぞりと身じろぎ、瞼を開いた。

「あ――ここは？」

「世界樹の根元です」

「魔法使いさん！」

回復師は勢いよく起き上がったが、生き返ったばかりだからか頭が痛んだようだ。

「蘇生後はあまり激しく動かないほうがいいかと」

「蘇生？　私は、死んでいたの？」

「ええ。死んだときの状況を、覚えていないのですか？」

「覚えて……覚えてる」

「ここまで、勇者様と来たのですか？」

「そう。彼と偶然会って、魔法使いさんと落ち合うために、世界樹を目指したんだ」

やはり、勇者様の中に私を捜すという選択肢《し》はなかったようだ。想像通りである。

「勇者様と会って、行動を共にすることにして、世界樹のもとに辿り着いた、と」

回復師は神妙《しんみょう》な面持ちで頷き、記憶を辿るようになぜ死んでしまったのか口にする。

「最初は世界樹に異変はなかったんだ。けれども彼が世界樹の幹に触れた途端、黒い蔓が現れて――」

勇者様は瞬く間に蔓に拘束《こうそく》されてしまったという。

「守護魔法で蔓を弾き飛ばそうとしたけれど、詠唱が間に合わなかったんだ」

回復師も蔓に囚《とら》われ、身動きが取れなくなってしまう。

勇者様は暴れたからか、蔓が首を絞《し》め落としてしまった。さらに体はどこかに運ばれていってしまう。

勇者様の首のみ隣に並んだ状態で、回復師は命が尽きるまで魔力を奪われてしまったようだ。

「私が魔力を失うたびに蔓がどんどん成長していって、世界樹を締めつけることになって、怖かった」

回復師は血の涙を流しながら、世界樹が弱っていく様子を見ていたという。

蔓は以前からあったものかと思っていたが、違ったようだ。

おそらく、勇者様と回復師の魔力を利用し、あそこまで成長したのだろう。

ただ、蔓は自然に発生したものとは思えない。

誰かがあらかじめ、魔法を仕掛けていたのだろう。

「この蔓は魔王の仕業《しわざ》なのでしょうか？」

「おそらく、そうだと思う。私達の命を利用し、世界樹の魔力を奪うなんて――」

と、ここで回復師がハッとなる。

「蔓はどうなったの？」

「勇者様（本物）が倒しました」

そういうことにしておく。勇者様（本物）は死んでいるけれど、まあ、なんとか誤魔化《ごまか》せるだろう。

勇者様と聞いて、首と体が離ればなれになったほうを見る。

「あの、そっちの勇者様ではなくて――」

回復師は勇者様の遺体に気づき、血相《けっそう》を変える。

「そ、そうだ！　彼を、早く回復させないと！」

回復師は勇者様の体のほうへ駆け寄る。状況を察したイッヌが、勇者様の生首を運んできてくれた。

回復師は手を差し伸べ、回復魔法を唱える。

けれども勇者様はすでに死んでいるので、効果があるはずがなかった。

「回復師様、勇者様はお亡くなりになっています。普通の回復魔法では、治りませんよ」

「そう、だった」

ここで、回復師から「私はどうやって生き返ったの？」と聞かれる。

「回復師様にはレイズ点薬を使いました」

「だったら勇者にも――」

「いいえ、使えません。レイズ点薬は損傷が少ない遺体にのみ使えるものですから」

勇者様を生き返らせるためには、聖司祭《プリースト》が使っているような死者蘇生《レイズデッド》しかない。

「では、教会に連れていかないと」

「いいえ、あなたは勇者様を生き返らせることができます」

「え？」

彼女は自分が聖なる者《セイント》の唯一の才能《ユニーク・ギフト》を持っていることに気づいていない。

おそらく、彼女の才能《ギフト》を調べた聖司祭《プリースト》も気づかなかったのだろう。

「死者蘇生《レイズデッド》なんて、聖司祭《プリースト》しか使えないはずなのに」

「できます。一度でいいので、試してみてください」

回復師は信じがたい、という表情を浮かべつつ、死者蘇生《レイズデッド》を試してみる。

「――神よ、迷える者を救い給え」

自信なさげな様子だったものの、彼女がかざした手の前に白く輝く魔法陣が浮かび上がる。

勇者様の体は光に包まれていった。

光が収まると、首と体が離れていたはずの勇者様が、元の姿に戻っていた。

回復師は勇者様の首筋に手を当てて、きちんとくっついているか確認する。

さらに、脈も調べているようだ。

「う、嘘でしょう⁉」

そんな声に、勇者様が反応を示す。

「うるさい！　寝ている者の耳元で叫ぶな！」

勇者様はカッと目を見開き、起き上がりながら文句を言ってくる。

回復師は涙を流しながら、勇者様に抱きついていた。

イッヌも勇者様に飛びつき、喜びを全身で表す。

「うわ！　お前達、何をするんだ！」

「もう、ダメだと思っていたから！」

「何を言っているんだ。この私がダメになるわけがないだろうが！」

生首を晒《さら》し、体が行方不明になっていた者の台詞《せりふ》ではないだろう。

見事、生き返った勇者様を、私は冷めきった目で見つめていた。

「あのー、喜んでいるところに水を差すようなことを言って申し訳ないのですが、まだ他にも死んでいる人がいまして」

それを聞いた回復師はハッとなり、周囲を見渡す。

「ああ、勇者さん！　賢者《セージ》さん！　それと、隣に横たわっている巨大な黒猪《くろいのしし》は？」

「ぶーちゃん、私達の味方です。一緒に蘇生してくれると嬉しいのですが」

「わかった。任せて」

回復師は勇者様（本物）と賢者《セージ》、ぶーちゃんのもとへ駆け寄り、死者蘇生《レイズデッド》を施してくれる。

「おい、魔法使いよ。あの大きな黒猪がぶーちゃんというのは本当か？」

「本当です」

「どうしてああなった？」

「さあ？　大森林の豊富な魔力に晒されて、急成長したのでは？」

「なるほど」

あっさり納得してくれたので、ホッと胸をなで下ろす。

聞き分けがいい勇者様で本当によかった。

「それはそうと、回復師が勇者様と言って駆け寄っていった女は何者だ？」

「あ――……」

面倒《めんどう》な事態になってしまった。

本来ならば、勇者様と勇者様（本物）は、出会ってほしくなかったのだが。

「聞き間違いでは？」

「そうだろうか？」

納得しかけていたのに、回復師が大きな声で勇者様（本物）に声をかける。

「勇者さん！　今すぐ蘇生させてあげるからね！」

それをしっかり聞いてしまった勇者様は、私に疑惑《ぎわく》の視線を向ける。

「おい、やはり勇者と言っているぞ！　いったいどういうことなんだ？」

「いや……どう、なんでしょうねえ」

「あの女、もしや、勇者の名を騙《かた》っていたということか？」

勇者を騙っているのは、今のところ勇者様のほうです。

なんて、口が裂けても言えない。

蘇生された勇者様（本物）のもとに、勇者様が向かおうとする。

そんな彼の腕を掴んで妨害した。

「魔法使い、何をする⁉」

「ケンカはよくありません！」

「ケンカではない。勇者を騙るあの女の呆《あき》れた根性を正そうとしているだけだ！」

「いやいや、ちょっと待ってくださいよ」

「待たない‼」

勇者様を止める振りをしつつ、私は鞄を探っていた。

転移の魔法巻物《スクロール》を握り、勇者様の鎧にばちん！　と貼り付ける。

「勇者様はお疲れでしょうから、先に聖都に戻っていてください‼」

「は⁉」

勇者様が次なる一言を口にする前に、転移していなくなる。

これで静かになった。ホッと胸をなで下ろした。置いていかれたイッヌは混乱しているようなので、彼にも転移の魔法巻物《スクロール》を貼り付けてあげる。

一緒に私とぶーちゃんの帰りを待っていてほしい。

蘇生した勇者様（本物）と賢者《セージ》は、ぼんやりしていた。

状況を上手く理解できないようだ。

ぶーちゃんだけは私のもとにやってきて、嬉しそうにぴいぴい鳴いていた。

「勇者さん、賢者《セージ》さん、大丈夫？」

「回復師か……」

「なんだか頭がズキズキするわ」

蔓はどうしたのかと聞かれ、回復師はハキハキと答える。

「勇者さんが倒したと魔法使いさんから聞いたんだけど」

「私が？」

「そんなわけないじゃない」

皆の視線が私に集まる。

あらかじめ用意していた言い訳を口にした。

「蔓が勇者様（本物）の魔力を吸収するなり、苦しんでのたうち回り始めまして、最終的に消えてなくなりました」

「勇者の魔力に拒絶反応を示したってこと？」

「おそらくそうかと」

苦し紛《まぎ》れの言い訳で信じてもらえないかもと思っていたものの、追及されずにすみ、ホッと胸をなで下ろす。

「あの、勇者様は先に聖都に戻られたようなので、私はここで失礼します」

「魔法使い殿、もう少し話を」

「またどこかでお会いできたら、ゆっくり話をしましょう」

もう二度と、勇者様（本物）に会いませんように。

そう願いながら、ぶーちゃんと共に魔法巻物《スクロール》を使って転移する。

「ちょっと待――」

勇者様（本物）が私に触れるよりも先に、転移魔法が発動した。

ぶーちゃんと私は一瞬にして、聖都へ戻ったのだった。

◇◇◇

勇者様は教会で待ち構えていて、私を見るなりズンズンと迫ってくる。

「おい、魔法使い！　あの偽勇者はどこに行った⁉」

本物の勇者様を偽者扱いするなんて、とんでもない男である。

まあ、知らないというのは幸せなことなのだろう。

「あの女、よりにもよって勇者を騙るなんて、けしからん奴《やつ》め！　今すぐにでも止《や》めさせないといけないのに」

「まあまあ」

ふたりの勇者様には、魔王と対峙《たいじ》するまでどうにか生き残ってもらわなければならない。

どちらかが旅を諦《あきら》めるというのも、あってはならないことだろう。

でないと、私の〝望み〟は叶わないから。

「勇者様、絶対に魔王のもとまで行きましょうね」

「当たり前だ」

この勇者様と共に魔王のもとに行き、私は魔王の唯一《ユニーク・ギフト》の才能を奪う。

魔王の力のすべてをこの身に宿らせた私を、勇者様が殺すのだ。

そうすれば、魔王は二度とこの世界に現れることはなくなる。

あまり知られてはいないが、これまでの勇者は、魔王を倒してはいない。封印《ふういん》していただけだったのだ。

魔王が死んだら、本当の意味で世界は救われるのだ。

役立たずだと罵《ののし》られた私が唯一《ゆいいつ》、役に立てることだろう。

本物の勇者様が魔王に殺されても、補欠の勇者様がいる。

情なんて欠片もない勇者様は、躊躇《ためら》うことなく私を殺してくれるだろう。

それが、私がこの勇者様と行動を共にする理由だった。

回復師がいたころの勇者パーティ

死体として転がっていた私は、運よく勇者様と回復師に発見され、教会にて死者蘇生《レイズデッド》してもらった。

さらに彼らの仲間として、魔王を討伐《とうばつ》する旅に加わったのである。

新参者《しんざんもの》である私は、雑用のすべてをするつもりでいたのに、想定外の事態となる。

それは、衣食住のすべてを、回復師がまかなってくれる、というものだった。

出発前に私は荷物持ちを申し出た。けれども、回復師は必要ないと言う。

「旅に必要な物は、私が空間魔法で運んでいるんだよ」

空間魔法というのは、魔法で作った異空間を自在に操《あやつ》るものだ。

その昔は罪人を捕らえることに使っていたようだが、最近は異空間にアイテムを収納しているらしい。

「魔法使いさんも、何か重たい荷物があったら、預かろうか？」

「いえ、大丈夫です」

私の旅の必需品といえば、魔法に使う杖《つえ》と替えの下着、干し肉くらいだ。別にわざわざ預かってもらうほどの重量はない。

ここで、我慢《がまん》できなくなった勇者様が声をかけてくる。

「おい、いつまで喋《しゃべ》っているんだ！」

回復師は気にも留めずに、私に話しかけてくる。

「これから旅立つことになるけれど、街で必要な品を買わなくてもいい？」

「ええ、大丈夫です」

「だったら先に進もうか」

このようにして、勇者パーティとの旅が始まった。

まず、驚いたのは彼らの強さ。

モンスターに襲撃《しゅうげき》されるなり、勇者様は金ぴかの剣を用いて一撃で倒す。

さすが勇者様だ、と思いきや、その強さは回復師がステータス上昇のバフと、モンスターの弱体化を行うデバフをかけていたからだった。

勇者様はそれに気づいていないようで、自らの実力だと思っている模様。

回復師も自らの活躍は口に出さず、勇者様の強さを称《たた》えていた。その様子を見るなか、なんて歪《いびつ》な関係なんだ……と思ってしまった。

そんなことはさておいて。

次に驚いたのは、食事だった。

勇者様の「腹が減った！」という言葉が、食事の時間の合図である。

回復師が「そろそろ休憩《きゆうけい》にしよっか」と提案し、あっという間に魔物避《よ》けの結界《けつかい》を張るのだ。

それだけではなく、異空間から敷物や椅子《いす》、テーブルなどを取り出し、あっという間に快適な休憩スペースを作り上げる。

さらに、鍋《なべ》や食材を取り出し、料理まで始めるのだ。

「ねえ、勇者、何か食べたい物はある？」

「肉がいい」

「わかった」

魔石が嵌《は》め込まれた簡易焜炉《かんいこんろ》に鍋を置き、火にかける。

続いて回復師が異空間より取り出したのは、大きな肉塊《にくかい》。

それを分厚くカットし、ニンニクを油で炒《いた》めた鍋で焼き始める。

そして赤ワインとバター、作り置きしていたらしい煮だし汁《フォンドボー》でソースを作り、焼きたての肉にかけた。

その辺に自生していたクレソンを添えたら、ステーキの完成だ。

さらに、回復師は異空間よりバゲットを取り出す。それは朝、焼きたてを購入していたものらしい。それを火で炙《あぶ》り、表面をカリカリに仕上げる。

彼女はミルクたっぷりのスープまで準備していたようだ。

こうして、あっという間に、豪勢な料理がテーブルに並べられた。

「魔法使いさんも、たくさん食べてね」

「え……。私の分もあるのですか？」

「もちろんだよ！　私達、仲間でしょう？」

そんな言葉かけられた覚えがないので、戸惑《とまど》ってしまう。

けれども勇者様が「ごちゃごちゃ言わずに、早く食べろ！」と言うので、いただくこととなった。

回復師が焼いてくれたステーキは驚くほどやわらかくて、肉汁《にくじゅう》が口の中に溢《あふ》れるほどジューシーだった。

ソースは品のある味わいで、コクがあって肉と合う。

残ったソースはパンで掬《すく》って食べ、余すことなく味わった。

「魔法使いさん、どうだった？」

「とってもおいしかったです」

「よかった！」

にっこり微笑《ほほえ》みかけてくる回復師を前に、なんていい人なのか、と思ってしまった。

その後、勇者様は「昼寝をするぞ！」と言い、椅子に座ったまま眠ってしまった。

回復師は先に進もうとは言わずに、あっさり受け入れる。

そのまま夕方となり、この場に野営することになってしまった。

夜はアツアツのグラタンが出てきた。とろーりとろけたチーズが絶品で、クリームソースは濃厚。中に入っているベーコンの塩っけも相《あい》まって、最高の一皿だった。

お腹《なか》もいっぱいになり、あとは眠るばかりである。

そのまま地面に寝転がるのかと思いきや、回復師がとんでもないものを異空間から取り出した。それは、布団《ふとん》である。

「あ、先に布団を出しちゃった。魔法使いさん、少し持っていてくれる？」

「は、はあ」

布団を抱える私の前に、ふたつのテントが出現する。

内部は思っていたよりも広く、大人が五名くらいは寝転がれそうだ。

「魔法使いさんは私と一緒のテントになるけれど、いいかな？」

「逆に、私が一緒でもいいのですか？」

「もちろんだよ」

回復師がテントに布団を広げると、勇者様は当然とばかりに、無言で寝転がった。

私は初めて、ふかふかの布団に寝転がるという野営の夜を迎える。

今日一日、勇者パーティと過ごした時間は驚きの連続だった。

ここで、私は勇者様のシャツを繕《つくろ》っている回復師に問いかける。

「あの、回復師さんはどうして、勇者様にそこまで尽くすのですか？」

「尽くす？　普通のことだと思うけれど」

「……………なるほど」

どうやら彼女は、勇者様にありったけのものを差しだしている自覚はないらしい。

だから勇者様も、やってもらって当然、という態度でいるのだ。

「もっともっと、勇者のためにできることがあるんじゃないかって、考えているくらいだよ」

「……………はあ、さようで」

彼女は正真正銘《しょうしんしょうめい》の、ダメ男製造機《メーカー》なんだな、と思ってしまった。

このままでは、私もダメ女になってしまうだろう。

なんとかしなければ、と思う静かな夜のことであった。

あとがき

はじめまして、江本《えもと》マシメサです。

このたびは『クズ勇者が優秀な回復師を追放したので、私達のパーティはもう終わりです』をお手に取ってくださり、まことにありがとうございました。

こちらの作品はありがたいことに、『第四回集英社Ｗｅｂ小説大賞』にて、奨励賞をいただき、書籍化に至《いた》りました。

まさかまさかの受賞で、このように本の形で発表できたことを、心から嬉《うれ》しく思います。

審査に携《たずさ》わってくださった方々には感謝してもし尽くせません。

ありがとうございました！

話は変わりまして、作品について少しお話しさせていただきます。

この物語は流行のパーティ追放物の、追放した側の酷《ひど》いありさまを書いてみようと思いつき、執筆し始めました。

最大の特徴は、気持ちがいいくらい死ぬ勇者と魔法使いです。

主人公にクズ呼ばわりされている勇者が酷い目に遭《あ》うのは仕方ないのですが、主人公の魔法使いもけっこう悲惨《ひさん》な目にあってまして、かわいそうなことをしたな、と原稿をチェックする際に思ってしまいました。

魔法使い、ごめんなさい。(今更《いまさら》ですが……)


物語の元となったのは、子どもの頃に楽しんだ数々のゲームです。

某国民的ロールプレイングゲームの、仲間が死んで棺桶《かんおけ》を引きずって旅する様子は、子どもながらに衝撃で……!

しかも、死んだ仲間は教会であっさり生き返ってしまうという驚きの世界観。

モンスターを使役《しえき》したり、魔法を使ったり、アイテムを作ったり、とゲームでわくわくするような要素を、これでもかと詰め込みました。

楽しんでいただけたら嬉しく思います。


イラストはＧｒｅｅＮ先生にご担当いただきました。

悲惨な世界に生きるキャラクター達を、かわいく、愛嬌《あいきょう》たっぷりに描いていただいております。特に主人公である魔法使いがとてつもなく愛らしくて……!

GreeN先生、本当に本当にありがとうございました！
最後になりましたが、読者様へ。
ここまで読んでくださり、ありがとうございました！
お楽しみいただけましたでしょうか？
この物語が少しでも、みなさまの癒《い》やしになったら嬉しく思います。
またどこかでお会いできることを信じて。

江本マシメサ

この作品の感想をお寄せください。

あて先　〒101-8050　東京都千代田区一ツ橋2-5-10
集英社　ダッシュエックス文庫編集部　気付
江本マシメサ先生　GreeN先生

ダッシュエックス文庫

クズ勇者が優秀な回復師を追放したので、私達のパーティはもう終わりです

江本マシメサ

2024年3月30日　第1刷発行

★定価はカバーに表示してあります

発行者　瓶子吉久
発行所　株式会社　集英社
〒101−8050　東京都千代田区一ツ橋2−5−10
03(3230)6229(編集)
03(3230)6393(販売／書店専用) 03(3230)6080(読者係)
印刷所　株式会社美松堂／中央精版印刷株式会社
編集協力　蜂須賀隆介

ISBN978-4-08-631542-5 C0193

【第4回集英社WEB小説大賞・金賞】
底辺探索者は最強ブラックスライムで配信がバズりました！
～ガチャスキルで当てたのは怠惰な人気者～
御峰。
イラスト／Parum《パルム》

【第12回集英社ライトノベル新人賞・IP小説部門 #1 入選】
なりすまし聖女様の人生逆転計画
片沼ほとり
イラスト／あさなや

王立魔法学園の最下生5
～貧困街《スラム》上がりの最強魔法師、貴族だらけの学園で無双する～
柑橘ゆすら
イラスト／青《あお》乃《の》下《しも》
キャラクター原案／長月 郁

魔《ま》弾《だん》の王《おう》と叛《はん》神《しん》の輝《き》剣《けん》2
川口 士
イラスト／美弥月いつか

ダンジョンで配信しながらガチャを回す陸が当てたのはブラックスライム。従魔なのに言うことを聞かない姿が思わぬ人気に繋がり!?

優秀だが孤児であることを理由に軍で差別されるアリシアは、ある日限界を迎えた。悪友に相談すると、とんでもない提案をされて!?

王都を危機から救ったことで裏社会の組織をクビになったアルス。念願だった普通の生活を満喫しようとするが平穏とは遠い日々で!?

ティグルの離反によってシレジアが陥落した。エレンとサーシャは兵を率い、戦陣を構築するリュドミラは戦姫になることを望まれる。